図説

ANNE'S CANADIAN LIFE

赤毛のアン

奥田実紀
MIKI OKUDA

河出書房新社

アンがやってきた6月は島の春まっさかり。この島は花でいっぱいねとアンは感動し、島が大好きになったと話す。

アンの世界へ

To Anne's World

赤毛、そばかすだらけのやせっぽち。

アン・シャーリー、一一歳。

ある六月の朝、アンは孤児院に別れを告げ、世界で一番美しいところだと聞いていた憧れの場所——プリンス・エドワード島にやってきます。

マシューとマリラ・クスバート兄妹《きょうだい》がアンを引き取ってくれることになり、やっと自分の家ができる！　と胸をふくらませるアン。

クスバート兄妹がほしかったのは、農場を手伝える男の子でした。アンは絶望の涙を流します。

どうして土が赤いの？　とアンが不思議がった島の赤土。二酸化鉄が多く含まれているためで、ジャガイモ栽培に適している。高い山がないこの島ではうねうねと遠くまで丘が続く光景が印象的だ。

しかし、おしゃべりでくったくのない明るいアンをマシューが気に入って、引き取ることに決めたのです。一二人の男の子よりもアン一人のほうがいいよ――マシューはのちにアンに話しました。

赤土の道、緑の牧草地、青い湖。今が盛りと、あちこちで花を咲かせる樹木や植物。

想像力豊かで、美しいものが大好き。気に入ったものには自分好みのすてきな名前をつけてしまうアン。この島にはなんて〝想像の余地〟がたくさんあるのでしょう。

学校では親友もできました。本業の勉強はもちろん、マリラを手伝って料理や裁縫を覚え、マシューの農場の手伝いにも、アンは一生懸命とりくみます。

想像にふけって失敗もしてしまうけれど、明日という新しい日に希望を持ち、アンは前を向いて歩いていきます。曲がり角を曲がった先になにがあるかわからないけれど、きっとすばらしいものが待っていると信じて。

島ではアンの時代から農業と漁業が主要産業だったこともあり、今でものどかで自然豊かな風景が残っている。

Canada 8
Lucy Maud Montgomery
Anne of Green Gables
Anne de Green Gables

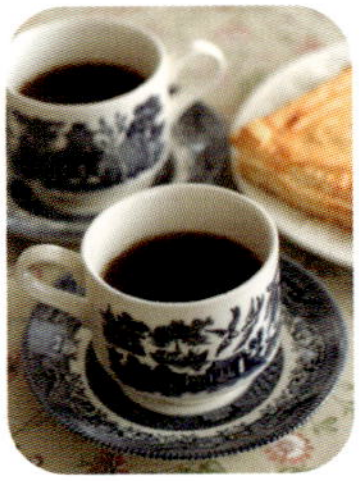

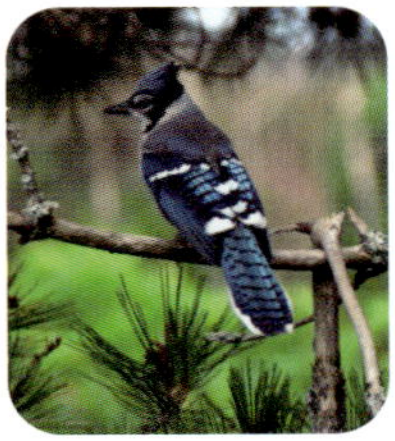

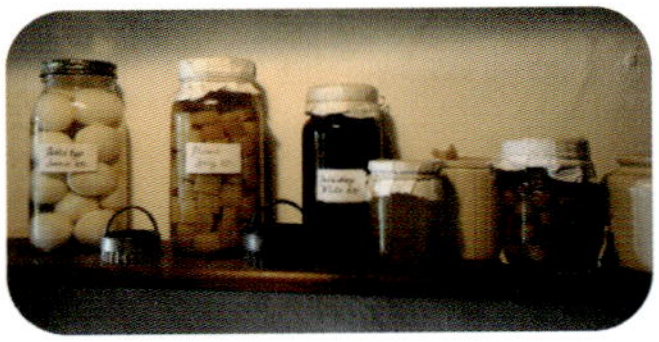

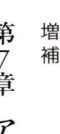

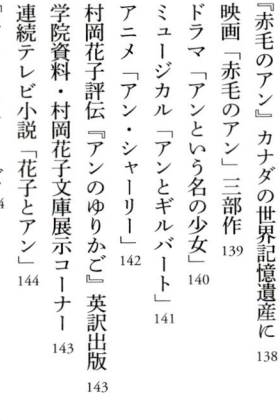

CHAPTER 1

『赤毛のアン』の背景

物語の舞台になった
カナダのプリンス・エドワード島と、
19世紀後半という時代背景について
解説します。

ルーシー・モード・モンゴメリ（Lucy Maud Montgomery）1874 〜 1942年。カナダのプリンス・エドワード島出身の女性作家。『赤毛のアン』で世界的に有名になる。写真は『赤毛のアン』出版が決まった33歳の頃。
（L.M.Montgomery Collection, University of Guelph）

L.C.ページ社より1908年に出版された*"Anne of Green Gables"*の表紙。大人の女性の横顔から、児童書として出版されたのではないことがわかる。ジョージ・ギブソンによるこのイラストは一度雑誌の表紙で使われたもの。
（L.M.Montgomery Collection, University of Guelph）

✣時代を超えて、愛されつづける物語

物語のおもしろさを綴ったエッセイ、アンの名言集、物語に出てくる料理のレシピ本、手芸本、作者の伝記、舞台になったプリンス・エドワード島のガイドブック、紀行本、歴史本などなど。日本語で出版された赤毛のアン関係書は、調べただけでもゆうに五〇冊を超えています。これだけの関心を集め、人々に愛される小説はほかにみあたらないのではないでしょうか。

児童書、あるいは少女小説という分野に入れられてしまい、有名小説とはいえどこか格下に見られがちだった『赤毛のアン』ですが、実際には男性のファンも多く、解説書が何冊も出るほど、知的な魅力も備えたレベルの高い小説です。大人になって読み返しても、何度読んでも、おもしろさが変わらない、数少ない名作といえるでしょう。出版から一〇〇年以上すぎた現在もなお、少なくとも一五か国を超える国で翻訳出版されつづけているところからも、その人気の高さがうかがえます。

『赤毛のアン』は原題を「アン・オブ・グリーン・ゲイブルズ*"Anne of Green Gables"*」

左：モードが『赤毛のアン』を執筆していた頃に住んでいた祖父母の家は現存していないが、モードがよく歩いたお気に入りの小道は残っている。右：家の前に広がるモードが愛した田園風景は当時の写真とほとんど変わっていない。

初版の挿絵はM.A. and W.A.H.Claus。現在もこの挿絵を入れて発行している"*Anne of Green Gables*"をよく見かける。

といい、一九〇八年、アメリカの出版社から出版されました。作者は、カナダのプリンス・エドワード島在住の女性作家ルーシー・モード・モンゴメリ（以下モードと表記）。モードは自分が住み、よく知っている、そして愛してやまない場所を『赤毛のアン』の物語の背景にしたのでした。それまで無名だったモードの名前も、同じカナダ人でさえその存在を知らなかった小さなプリンス・エドワード島も、『赤毛のアン』のヒットで一躍《いちやく》有名になりました。カナダで生まれ育った女性作家の、カナダを舞台にした小説としては初めて、世界的な成功をおさめたといえます。

ファンタジーでもなく、ミステリーでもなく、実在の島に住む少女アンの、ごく当たり前の日常生活が描かれていて、かえってそれがリアリティをもたらし、私たち読者をぐっと近くに引きつけています。想像力豊かで、おしゃべりでおっちょこちょいのアンの魅力もさることながら、『赤毛のアン』のおもしろさはストーリーだけにあるのではなく、その背景をも深く掘り下げれば掘り下げるほど魅力が増してきます。深く理解する楽しみの、二つの大きなポイントは、〈場所〉と〈時代〉です。

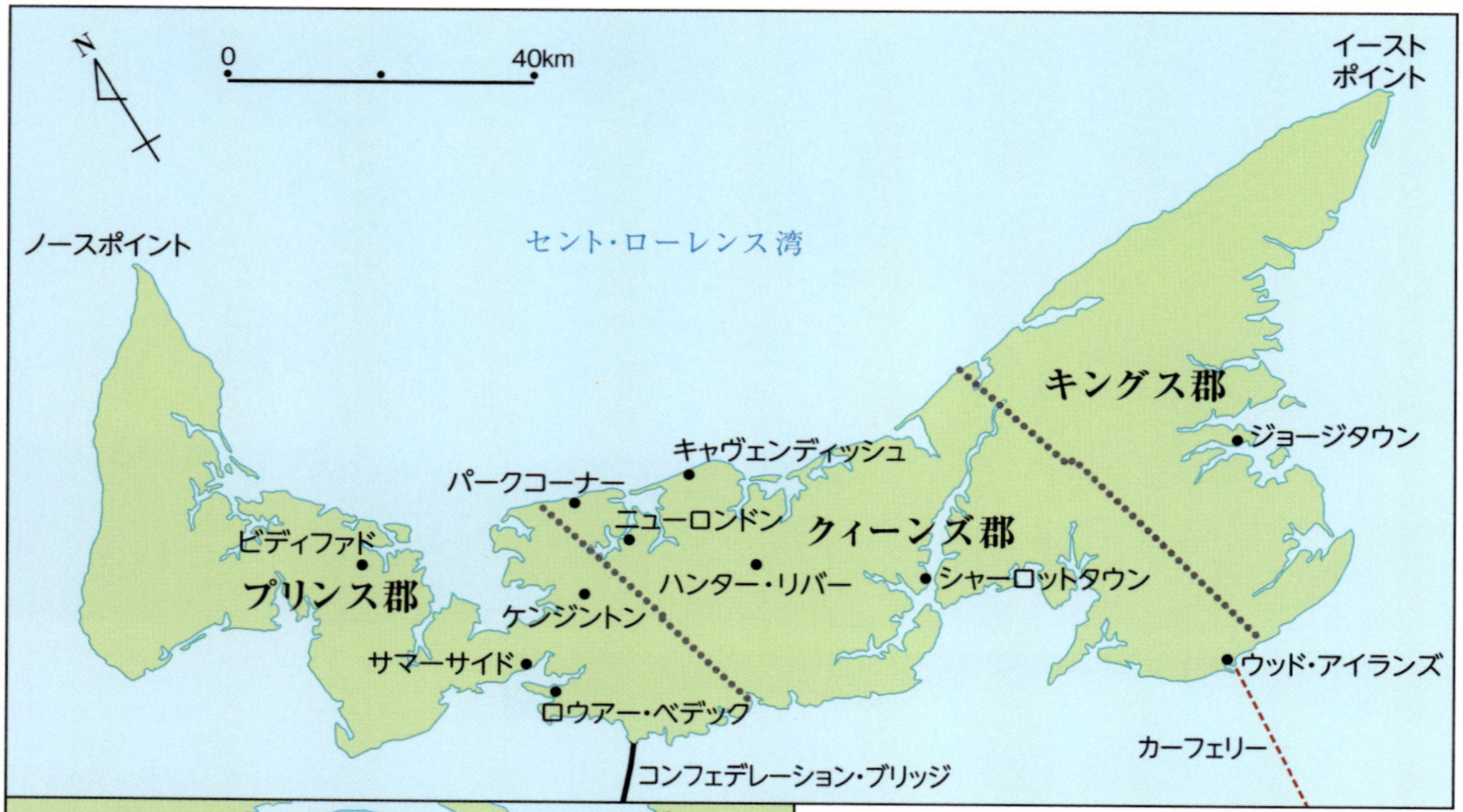

プリンス・エドワード島州は現在、カナダのなかで一番面積が小さく、人口も最も少ない州。人口は1805年時点で7000人、1891年には10万9000人にまで増加。現在の人口が約14万人なので、19世紀後半と今とで人口に大きな開きはない。主産業である漁業と農業も現在に至るまで受け継がれている。

地図制作/平凡社地図出版

❖カナダとプリンス・エドワード島

物語の背景になっている場所は、カナダのプリンス・エドワード島です。

カナダという国は、移民でできた国です。先住民が住む島に、はじめはフランス人が、その後イギリスからイングランド人やスコットランド人が入植していきます。フランスとイギリスは植民地をめぐって戦い、一七六三年、イギリスが勝利。以後、イギリスの植民地となりました。

アメリカが独立戦争を始めても、カナダはアメリカに同調せず、イギリスの植民地としてとどまりました。アメリカはその後も、イギリスと領土を奪い合い、カナダはアメリカへの併合危機にさらされたため、一八六七年には植民地を統合させた自治領カナダを誕生させました。本国イギリスは、ヴィクトリア女王の治世、ヴィクトリア朝のことです。

自治領カナダ成立に向けての、各植民地代表者の記念すべき第一回連邦会議は、一八六四年に、この東部の小さなプリンス・エドワード島で開かれました。

現在、島は〈カナダ発祥の地〉を観光の

代表者は〈カナダ建国の父たち《ファザーズ・オブ・コンフェデレーション》〉と呼ばれている。中心で座っているのがジョン・A・マクドナルド。島の人々は連邦会議に関心を示さず、やってきた代表者を歓迎するムードはまったくなかった。島人たちは誇りを持ちお互いに協力し合う生活を送っており、不便や不安を感じておらず、海の向こうの遠い本土と一体化するメリットが見つけられなかったというのも、連邦に参加しなかった要因の一つ。(Library and Archives of Canada)

州都シャーロットタウンの州議事堂《プロビンス・ハウス》。会議が開かれた部屋もそのまま残っている。夏のあいだ、州議事堂の前では、建国の父たちの格好をした若者が観光客向けにデモンストレーションを行っている。

目玉にしていますが、一八六七年の自治領カナダの誕生時、島の名はそこにありませんでした。島がカナダ連邦に加わるのは、一八七三年です。プリンス・エドワード島は小さな島ではありますが、カナダ連邦の一州「プリンス・エドワード島州」となりました。

『赤毛のアン』の作者モードが生まれたのは、島がカナダ連邦に加わった翌年、一八七四年です。モードの祖先は母方、父方とも、イギリスのスコットランドからの移民で、一七七〇年頃と、移民としては早い時期に入植し、プリンス・エドワード島北部を開拓しています。

初期の開拓者たちは村のなかでも尊敬され、一目置かれる地位にありました。モードの父方の祖父ドナルド・モンゴメリは島の上院議員になっています。一八九〇年に祖父とともにカナダ西部へ出かけたモードは、祖父の知り合いだったカナダ首相ジョン・A・マクドナルドが乗った特別列車に同席する機会に恵まれています。〈カナダ建国の父たち〉の中心人物だったジョン・マクドナルドは、初代および三代目カナダ首相の地位にのぼったのでした。

19世紀シャーロットタウンのグラフトン・ストリート。州都らしく、高い建物がひしめくように並んでいる。(Public Archives and Records Office of Prince Edward Island)

✣アンの時代は一八八〇～九〇年代

モードは『赤毛のアン』に、子どもの頃の思い出をふんだんに反映させています。モードがアンの年齢である一一歳だったのは一八八五年。その頃が背景にあっただろうと推測されます。

日本で出版されているアン関係書のなかに、アンが一八六六年生まれだと断定しているものがあります。これは、アン・シリーズのなかで年号が明記されている唯一の巻『アンの娘リラ』から、さかのぼって導き出した年だと思われます。アンが一八六六年生まれだとすると、一一歳の年は一八七七年。前述した一八八五年とは、一二年の開きが出てきます。

一八七七年あたりが『赤毛のアン』の時代背景だとすると、物語のなかにいくつかの矛盾が出てきます。アンという少女や登場人物は架空だとしても、実在するプリンス・エドワード島を舞台にしていることもあり、モードは実際に起こったできごとや、自分の経験を描写しているからです。

たとえば、グリーン・ゲイブルズに引き取られたアンは、学校はじきに夏休みに入ってしまうということで、夏休みが明けた九月から学校へ通いはじめます。モードの日記によると、モードが低学年のときは夏休みの制度がなかったそうです。夏休みが導入されたのは一二歳（一八八六年）の頃からだったと思う、と記しています。また、学校が毎週土曜日に休みになるのは一八八四年頃からです。

また、アンが州都シャーロットタウンを訪れたとき、町には電灯が灯っていた、と書いてあります。島で電気が使われはじめたのは、一八八五年です。

19世紀シャーロットタウンのロッチフォード・スクエア。電柱が立っているのがわかる。(Public Archives and Records Office of Prince Edward Island)

シャーロットタウンの品評会の様子。（Library and Archives of Canada）

ジョン・A・マクドナルド。たしかに鼻に特徴がある。（Library and Archives of Canada）

1931年、ウエストミンスター憲章によりカナダは、イギリス自治領から完全な独立国になったが、今でもイギリス連邦の一員。20ドル紙幣にはエリザベス女王が描かれている。100ドル札の肖像はカナダ首相を務めたロバート・ボーデン（73頁参照）。

アンはシャーロットタウンの品評会で競馬を体験する。島の競馬は〈ハーネスレース〉といい、騎手が乗る車を馬が引いて走るスタイルだ。（Public Archives and Records Office of Prince Edward Island）

アンが歴史を勉強しなければならない授業中に、こっそりと小説『ベン・ハー』を読んでしまった描写があります。『ベン・ハー』が出版されたのは一八八〇年です。

カナダ首相が島にやってくるので大人たちはみなその政治集会に出かけて、そのあいだにダイアナの妹が病気になってしまう、という場面があります。あんな鼻をした男は見たこともないとマリラが言及した、鼻に特徴のある首相といえば、大きな鼻で有名だったジョン・A・マクドナルド（前述）でしょう。マクドナルドが二度目のカナダ首相に就くのは一八七八年です。

アンが着たいと憧れた、当時流行のパフスリーブのドレス。ふくらんだ袖の洋服がカナダで流行りはじめたのは、一八九〇年をすぎたあたりからです。

最後にもう一点。アンがダイアナと一緒に、ミス・ジョゼフィン・バリーにシャーロットタウンの品評会に連れていってもらう場面があります。アンはそのとき、競馬も見て、すごく魅力があるからちょくちょく行くものじゃないわ、と言います。つまり、品評会と競馬が同時に行われていたことがわかります。島の歴史をみると、当初は品評会だけが単独で行われていたのが、

アンはシャーロットタウンからこのような汽車に乗って、マシューが待つ〈ブライト・リバー駅〉へと向かったのだろう。
(Public Archives and Records Office of Prince Edward Island)

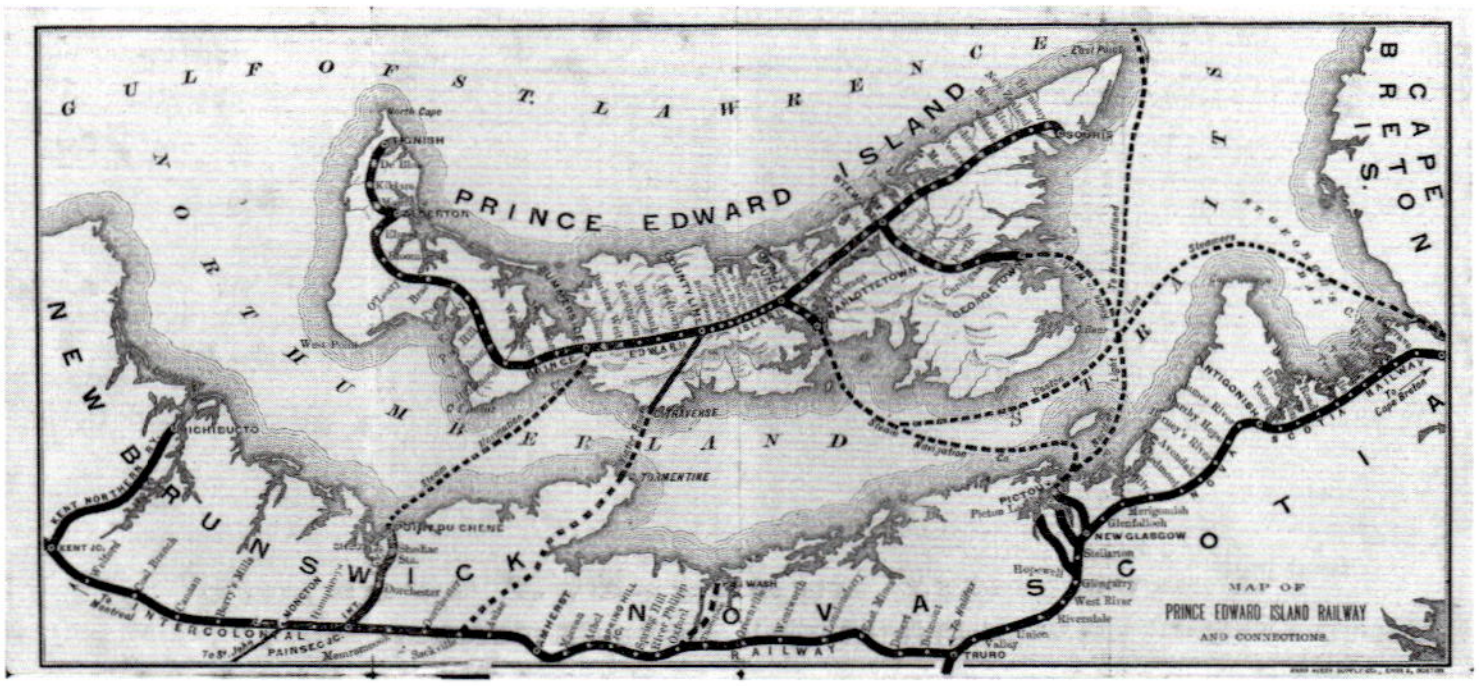

プリンス・エドワード島内の鉄道路線図。対岸のニュー・ブランズウィック州と、ノヴァ・スコシア州の鉄道と、島とを結ぶフェリールートも描かれている。(Public Archives and Records Office of Prince Edward Island)

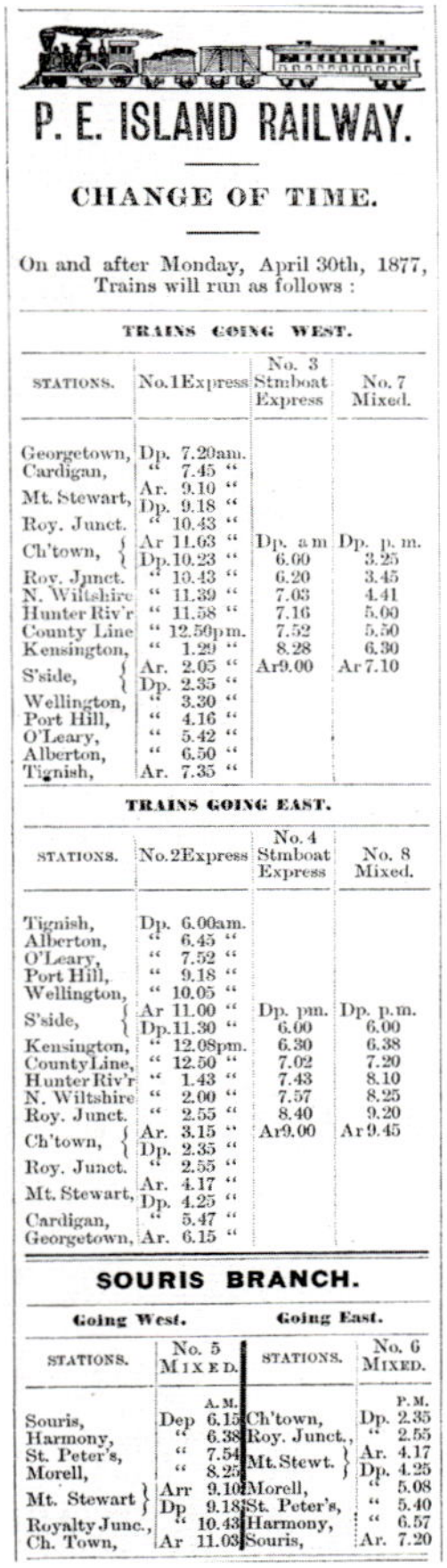

P. E. ISLAND RAILWAY.

CHANGE OF TIME.

On and after Monday, April 30th, 1877, Trains will run as follows :

TRAINS GOING WEST.

STATIONS.	No.1Express	No. 3 Stmboat Express	No. 7 Mixed.
Georgetown,	Dp. 7.20am.		
Cardigan,	" 7.45 "		
Mt. Stewart,	Ar. 9.10 " Dp. 9.18 "		
Roy. Junct.	" 10.43 "		
Ch'town, {	Ar 11.63 " Dp.10.23 "	Dp. a m 6.00	Dp. p. m. 3.25
Roy. Junct.	" 10.43 "	6.20	3.45
N. Wiltshire	" 11.39 "	7.03	4.41
Hunter Riv'r	" 11.58 "	7.16	5.00
County Line	" 12.50pm.	7.52	5.50
Kensington,	" 1.29 "	8.28	6.30
S'side, {	Ar. 2.05 " Dp. 2.35 "	Ar9.00	Ar 7.10
Wellington,	" 3.30 "		
Port Hill,	" 4.16 "		
O'Leary,	" 5.42 "		
Alberton,	" 6.50 "		
Tignish,	Ar. 7.35 "		

TRAINS GOING EAST.

STATIONS.	No.2Express	No. 4 Stmboat Express	No. 8 Mixed.
Tignish,	Dp. 6.00am.		
Alberton,	" 6.45 "		
O'Leary,	" 7.52 "		
Port Hill,	" 9.18 "		
Wellington,	" 10.05 "		
S'side, {	Ar 11.00 " Dp.11.30 "	Dp. pm. 6.00	Dp. p.m. 6.00
Kensington,	" 12.08pm.	6.30	6.38
CountyLine,	" 12.50 "	7.02	7.20
HunterRiv'r	" 1.43 "	7.43	8.10
N. Wiltshire	" 2.00 "	7.57	8.25
Roy. Junct.	" 2.55 "	8.40	9.20
Ch'town, {	Ar. 3.15 " Dp. 2.35 "	Ar9.00	Ar 9.45
Roy. Junct.	" 2.55 "		
Mt. Stewart,	Ar. 4.17 " Dp. 4.25 "		
Cardigan,	" 5.47 "		
Georgetown,	Ar. 6.15 "		

SOURIS BRANCH.

Going West.		Going East.	
STATIONS.	No. 5 MIXED.	STATIONS.	No. 6 MIXED.
	A. M.		P. M.
Souris,	Dep 6.15	Ch'town,	Dp. 2.35
Harmony,	" 6.38	Roy. Junct.,	" 2.55
St. Peter's,	" 7.54	Mt. Stewt. }	Ar. 4.17 Dp. 4.25
Morell,	" 8.25	Morell,	" 5.08
Mt. Stewart }	Arr 9.10 Dp 9.18	St. Peter's,	" 5.40
Royalty Junc.,	" 10.43	Harmony,	" 6.57
Ch. Town,	Ar 11.03	Souris,	Ar. 7.20

鉄道の時刻変更を知らせる当時の新聞記事。(Public Archives and Records Office of Prince Edward Island)

一八九〇年から、品評会と競馬が一緒に開催されるようになりました。

このように、何気ない描写のなかのできごとを、事実と符合させていくと、おのずと時代背景が見えてきます。モードは『赤毛のアン』を執筆していたとき、続編を書くつもりはまったくなく、この一冊で完結させようと考えていました。ですから『赤毛のアン』から導き出される一八八〇年〜一八九〇年代前半が時代背景といえるでしょう。現在、アンの家として観光客に公開されている〈グリーン・ゲイブルズ・ハウス〉（二八〜二九頁コラム参照）も、一八八〇年代を基準に調度類を整えています。

今から一三〇年ほど前というと、日本は明治時代です。西洋文化が日本に押し寄せてきた時期、海を隔てたカナダでは、近代化という波が人々の暮らしを変えていこうとしていました。

❖『赤毛のアン』のカントリーライフ

アンが暮らすことになるアヴォンリー村は、シャーロットタウンから汽車に乗り、ブライト・リバー駅で降り、そこから馬車で約一三㎞のところにあります。町からは

〈オーウェル・コーナー歴史村〉では、19世紀の田舎の村の暮らしがわかる。鍛冶屋やジェネラルストア、教会、学校など、当時使われた建物がそのまま残っている。

鉄道建設は債務を増やし、結局カナダ政府がそれを肩代わりすることを条件に、島はカナダ連邦に加盟することになった。20世紀に入ってからは車が増え、鉄道は徐々に衰退、島の鉄道は1989年をもって完全に廃止された。写真は現在も残る、1907年建築のシャーロットタウン駅舎。

〈グリーン・ゲイブルズ・ハウス〉はモードの親戚にあたるウェッブ家の母屋だった。1890年代にモードが撮影したウェッブ家。当時の典型的な農家の様子がわかる。(L.M.Montgomery Collection, University of Guelph Library)

遠い、海辺にある田舎の農村です。アヴォンリー村が、モードが育ったキャヴェンディッシュ村をモデルに描かれていることは間違いありません。キャヴェンディッシュは、スコットランド人の入植者四家族（モードの祖先はその一家族）によって一七九〇年にできた村です。入植者は母国から、野菜や植物の種や苗、家畜、家財道具を持てるだけ持って、新たな土地をめざしました。

　近代化はまずシャーロットタウンから始まり、それが遠方の小さな村まで広がるのには長い時間がかかりました。シャーロットタウンでは一八八五年に電灯がついていたと前述しましたが、一九六〇年代まで電気が通らなかった村も実際にあります。

　このように、同じ島であっても、物語に描かれているのは都会からは遠いカントリ

〈グリーン・ゲイブルズ・ハウス〉は夜になるとランプが灯る。モードは、ロウソクの灯りを補うためにオイルランプを使ったと述べており、ロウソクの明るさが好きだった。ロウソクは当時、獣脂から手作りしていた。

移動、農作業に馬の力は欠かせなかったので、馬はとくに大切にされた。当時、馬車用の馬と、作業用のがっしりした馬と、少なくとも2頭飼われていた。2頭持てない家では1頭を兼用した。(Public Archives and Records Office of Prince Edward Island)

馬車は冬には馬ぞりになる。続編『アンの青春』では、16歳になったアンが自分で馬車を御して買い物へ行くシーンがあり、当時は農作業を手伝っているうちに12、13歳ぐらいでワゴンなどを扱えるようになるため、16歳といえば十分に馬車を操れた。(Public Archives and Records Office of Prince Edward Island)

黄金色に実った麦。当時は川のそばに製粉所があり、収穫した麦を粉にしてもらって料理に使っていた。

ーライフ。電気も、ガスも、水道も通っていない、自給自足の暮らしです。明《あか》りはロウソクかオイルランプ。薪《まき》ストーブが調理器を兼ねていました。水は井戸から運んでいました。

　畑を耕して麦や穀物を植え、果樹園をつくり、家畜や家禽《かきん》も飼うという混合農場を営む村民がほとんどでした。一八八〇年代後半〜一九〇〇年代前半の典型的な農家の大きさは一〇〇エーカー（約四〇〇〇〇㎡）です。漁業に携わる人もいましたが、漁師であっても家族の食料を育てる小さな畑は持っていました。アンが引き取られるクスバート家は混合農場で、物語の描写から、馬と牛を飼い、リンゴを中心とする果樹園を持ち、家庭菜園とは別に、広い農地で麦やジャガイモ、ターニップ（カブ）などを栽培しています。それらは島内に流通させ、カナダ国内外に輸出することもありました。

　キャヴェンディッシュ村から一番近い駅といえばハンター・リバー駅で、これが物語の〈ブライト・リバー駅〉のモデルです。一八七一年から島に鉄道が敷設されはじめ、多くの島民が利用して人気を得ました。どの村も駅をほしがったため、支線もたくさんつくられました。『赤毛のアン』ではア

古いポストカードに描かれた、ハンター・リバーへ向かうのどかな道。アンとマシューが馬車でたどったのはこのような道だっただろう。（Tourism PEI）

1890年頃のキャヴェンディッシュ公会堂。モードは1889年に公会堂で行われたキャヴェンディッシュ文芸協会のミーティングに呼ばれ〈新聞作り〉という朗読を行った。これはモードの初めての公式の場での朗読だった。（L.M.Montgomery Collection, University of Guelph Library）

ンがシャーロットタウンのクイーン学院《アカデミー》に通っているとき、カーモディ村まで支線が通ったため、アンはそこから歩いて帰っていますが、実際にキャヴェンディッシュに続く支線は敷設《ふせつ》されていません。

✣人々の楽しみ

キャヴェンディッシュには、公共の教会（墓地）、学校、公会堂、郵便局がありました。どれもみな、アンの時代の大切な社交の場でした。なかでも信仰心の篤《あつ》い人々にとって、村の中心は教会で、精神的な拠《よ》りどころともなっていました。教会での日曜礼拝、クリスマスやイースターといった宗教的な行事、バザーやピクニックは人々の何よりの楽しみです。学校で行われる学習発表会にも大勢の村人が訪れました。

公会堂では、コンサートや討論会、ダンスパーティなどが頻繁《ひんぱん》に開かれました。有志による文芸協会や討論クラブなどの活動もさかんで、田舎の組織とはいえ〝アメリカとカナダの自由貿易は必要か〟〝奴隷《どれい》について〟〝女性に参政権は必要か〟など、都会におとらぬ知的で文化的なテーマが取り上げられていたそうです。

1920年代、長老派教会とメソジスト教会、会衆派教会の合併が行われ、現在キャヴェンディッシュにあるのは合同（ユニオン）教会。手前は〈グリーン・ゲイブルズ郵便局〉、夏のあいだだけ営業している。

〈グリーン・ゲイブルズ郵便局〉のなかに再現されている当時の郵便局。村の郵便局長だった祖父亡きあと、郵便業務を行う祖母をモードは手伝った。

アンがマシューのおかげで行くことができた公会堂での討論クラブのコンサートは、図書館への寄付集めのために入場料を取る大規模なもので、アンはそこで先生や学校の上級生の合唱や暗誦《あんしょう》を存分に楽しみました。アンは壇上で暗誦するのはすばらしいでしょうね、と憧れます。

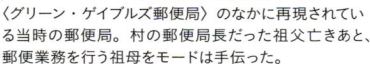

アンが最初に壇上で暗誦したのは、公会堂で行われた、学校のクリスマスコンサートでしたが、公式の場、それも出演依頼を受けての暗誦は一六歳のとき、ホワイトサンズ・ホテルでのコンサートです。

郵便局が社交の場というのは意外かもしれません。当時は郵便が各家庭まで届けられなかったため、人々は毎日の新聞も、手紙を出したり受け取るときも、村にある郵便局まで出向いていかなければなりませんでした。そのため郵便局には村人が自然と集まり、世間話《せけんばなし》に花が咲きました。郵便局は、大きな雑貨店のなかにあるのが普通でしたが、キャヴェンディッシュの郵便局は、モードの祖父母の母屋、台所の一角にありました。祖父が村の郵便局長でした。モードはそこで大人たちの会話を聞くのが楽しかったといいます。祖父が亡くなると祖母があとを引き継ぎ、モードがそれを手伝い

キャヴェンディッシュ小学校と、外で遊ぶ子どもたち。
当時の典型的なワンルーム・スクールの様子がわかる。
（L.M.Montgomery Collection, University of Guelph Library）

1890年代のキャヴェンディッシュ小学校の女生徒たち。アンもこのように、クラスメイトと一緒に森のなかで遊んでいたのだろう。（L.M.Montgomery Collection, University of Guelph Library）

ました。各家庭に郵便が届くようになるのは、一九一〇年代からです。

❖アンが通った小学校

イギリスの植民地のなかで最初に「無料学校法」を通過させたのがプリンス・エドワード島で、それは教育の大切さを知っていたスコットランド人の功績《こうせき》です。キャヴェンディッシュ小学校は、田舎の学校でありながら、一八七二年代の報告には、地区で、出席率、成績ともに、最も優秀な学校の一つだとあります。勤勉で教育熱心な村人たちの姿をあらわす報告です。

物語に描かれているアンが通った学校は、キャヴェンディッシュにもあった典型的な田舎の〈ワンルーム・スクール〉です。木造の平屋の建物で、なかには部屋が一つだけ。だいたい六歳から一六歳くらいまでの子どもが全員同じ部屋で勉強しました。先生は一人だけ。一教室の定員は五〇人だったようで、それ以上になると部屋を二つに分けてツールーム・スクールとしました。

学年という分け方はせず、使っている教科書で（つまり学力に合わせて）授業が進められました。年齢と、進み具合がばらばらな

当時、紙はまだ高価だったため、下級の生徒はノートと鉛筆の代わりに石盤と石筆を使った。石盤の大きさはだいたい20cm×27cm。書いたものを消すには水でぬらした布でふき、そのための水入れの瓶も各々用意していた。

なか、読み書き、計算、文法、地理、歴史といったさまざまな教科を、一人一人に合わせて教えるのは分刻みの忙しさです。半分の生徒を教えているあいだ、もう半分は自習させるという方法をとってはいたようですが、生徒が多ければ多いほど先生の負担は増します。そこで高学年の生徒が先生の代わりに低学年の生徒を教えることもよくありました（物語にはそうした場面は描かれていませんが）。

『赤毛のアン』第三一章でステイシー先生が学年別のクラスがある故郷の学校から声がかかるという場面が出てきます。年齢か進み具合にしたがってクラスが分かれている学校は、当然ながらワンルーム・スクールよりも格が上なので、アンたちは先生がそちらに行ってしまうのではないかと心配します。しかし先生はアンたちが卒業するまで残ることに決めました。

お昼休みは一時間あり、家が近い生徒は自宅に帰って温かい昼食をとることができました。遠い生徒はお弁当を持参します。アンたちは持参した牛乳を冷たい小川で冷やし、バターつきパンやサンドイッチ、あるいはタルト、リンゴなどを詰めたお弁当は女の子一〇人で分け合って食べていたと

アンが通ったクイーン学院のモデルは、モードが受験し、通った、シャーロットタウンのプリンス・オブ・ウェールズ・カレッジ。1879年までは男性だけしか入学が許されていなかった。アンが教師になる過程は、モードとほぼ同じ。写真は1894年頃撮影された、モードと学友のポートレイト。白いブラウスを着ているのがモード。パフスリーブに注目。（L.M.Montgomery Collection, University of Guelph Library）

ワンルーム・スクール内部（オーウェル・コーナー歴史村）。ふたが開け閉めできるようになっている古い机に、何世代にもわたる生徒たちが彫った頭文字や絵文字が残っているところは、アンの物語の描写と同じ。

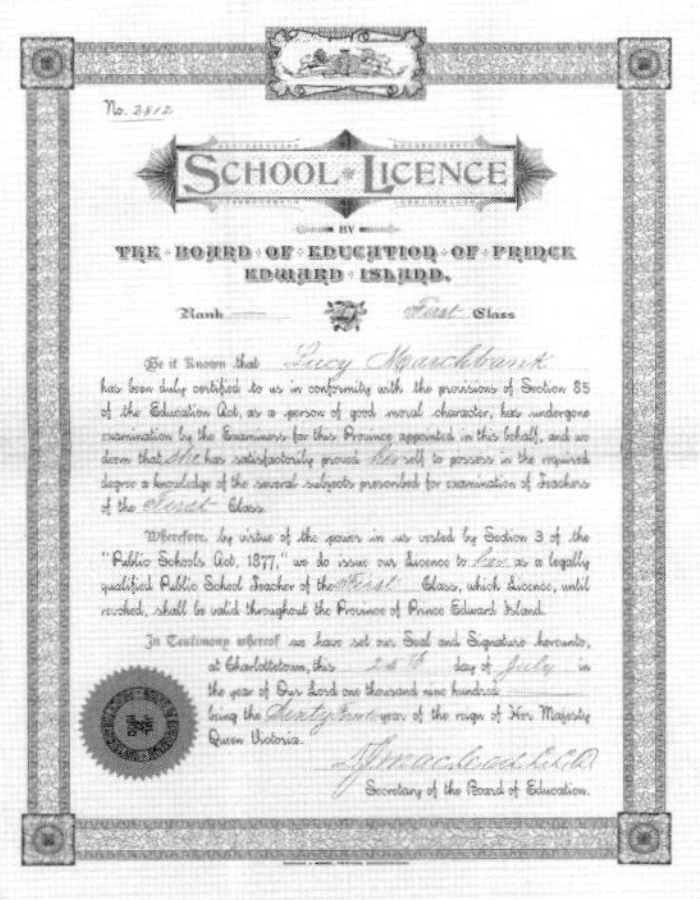

No. 2812

SCHOOL LICENCE

BY

THE BOARD OF EDUCATION OF PRINCE EDWARD ISLAND.

Rank First Class

Be it Known that Lucy Marchbank has been duly certified to us in conformity with the provisions of Section 85 of the Education Act, as a person of good moral character, has undergone examination by the Examiners for this Province appointed in this behalf, and we deem that she has satisfactorily proved her self to possess in the required degree a knowledge of the several subjects prescribed for examination of Teachers of the First Class.

Wherefore, by virtue of the power in us vested by Section 3 of the "Public Schools Act, 1877," we do issue our Licence to her as a legally qualified Public School Teacher of the First Class, which Licence, until revoked, shall be valid throughout the Province of Prince Edward Island.

In Testimony whereof we have set our Seal and Signature hereunto, at Charlottetown, this 24th day of July in the year of Our Lord one thousand nine hundred being the sixty-fourth year of the reign of Her Majesty Queen Victoria.

Secretary of the Board of Education.

当時の島の1級教員免許証。アンは苦手な幾何もがんばり、見事クイーン学院の受験に首席で合格。2年の過程を1年で終え、1級（3ランク中の最上）教員免許を取得して、16歳で教師になった。当時16歳が女子の下限、男子は18歳が教師になれる下限であった。（Public Archives and Records Office of Prince Edward Island）

描写されていました。モード自身は家に帰っていましたが、本当はみんなと一緒に食べたくてたまらなかったそうで、物語のなかでは、自分の理想を描いたのでしょう。

上級になって、アンとギルバートは特別科目――ラテン語、幾何《きか》、フランス語、代数――を学ぶことになります。これらは、上の学校に進むときの受験に必要な科目でもありました。アンはシャーロットタウンのクイーン学院《アカデミー》をめざしますが、ダイアナは両親に許してもらえませんでした。

当時、女性にはとくに有料の高等教育は必要ないと考えられていたためでしょう。自給自足で女性の地位が低かった当時、女性は早く結婚して家庭を守るべき、という暗黙《あんもく》の了解がありました。小学校を卒業し

現在も島のあちこちで、アンの時代のように、牛や羊、馬や豚を飼っている農家が見られる。

た女の子には、もう結婚が現実の問題として迫ってきました。アンの場合はマリラが、何が起こるかわからないこの世の中、たとえその必要がなかろうと生活費ぐらいは自分で稼《かせ》げる力を身につけていたほうがいい、という革新的な意見を持っていたため、無理をしてアンをクイーン学院に進ませてくれます。ただ、やはりアンのように高等教育を受けて仕事についても、結婚したら退職することが期待されていました。

❖重労働だった一日の仕事

農場での自給自足の生活は重労働でした。種まき、肥料まき、秋は収穫して流通に乗せ、家畜の世話や競売、薪割り、家やフェンスの修復など、男性は日の出から、ほぼ一日中農場に出ています。

女性も家事以外に、牛の乳搾《ちちしぼ》り、家畜の餌《えさ》やり、秋の収穫の手伝いなど、できる限り外の仕事も手伝いました。

子どもも同じで、小さくても簡単な仕事をわりあてられます。卵集めや、薪を持ってくる、野菜を取ってくる、農場にいる父親にお弁当を運ぶなどです。乳搾りは八歳ぐらいから、女の子はパン作りを九歳ぐら

モードのおばアニー・キャンベル。放し飼いの鶏に餌をやっている様子。モードはアニーおばが大好きで、よく泊まりに行った。（L.M.Montgomery Collection, University of Guelph Library）

いから、鋤《すき》で畑を耕すのは一一歳ぐらいから任されたようです。集めたたくさんの卵は雑貨店へ売り、女性や子どもの大切なお小遣いになりました。アンが髪染めの薬剤を行商人から買えたのは、卵を集めて売ったお小遣いがあったからです。

水道がないので料理一つとっても、井戸から水を汲んできて、薪に火をつけてストーブを温めるところから始まります。冷蔵庫がないため、とくに暑い夏などはつくりおきが難しく、その都度手間をかけねばなりません。家事の一つ一つに時間と労力がいるため、一日にいくつものことはこなせず、一週間の家事サイクルをつくって動いていました。

たとえば、月曜日は洗濯、火曜日はアイロンがけ、水曜日は縫い物、木曜日はバター作り、金曜日はベーキング、土曜日は掃除、といった具合。日曜日はキリスト教の安息日《あんそくび》で、仕事はしてはいけない（家畜の水と餌やりは別）決まりがありました。これは働き詰めだった人々にとってありがたい休息の日になっていたことでしょう。日曜日は一番よい服を着て教会の礼拝に参加します。子どもたちには別室でわかりやすく教えを説く場〈日曜学校〉がありました。

COLUMN 1

『赤毛のアン』誕生秘話

モードはおもしろいことや、ひらめいたアイデアを小さなノートにメモしておく習慣がありました。小説を書くためにメモを見返していたとき、目にとまったのが「孤児院から男の子を引き取ろうとして、間違って女の子が送られてくる」というフレーズ。そこから書き上げたのが『赤毛のアン』で、1906年1月に手書きの原稿が完成。タイプをして出版社に送りますが、断りの手紙とともに送り返され、出版が決まるまでにアメリカの5社の出版社に断られたとモードは述べています。落ち込んで帽子箱のなかに原稿をしまいこみ、しばらく忘れていた、という話もあります。

いずれにせよ、1907年5月付の出版決定の手紙をもらうまでの1年余りの短いあいだに、5社の出版社とのあいだで原稿のやりとりがあったとは、当時の郵便事情や原稿訂正期間などを考えれば無理があると指摘する研究者もいます。しかし、モードがあきらめずに売り込みを続けた事実は間違いありません。

『赤毛のアン』を出版したのは、(モードによれば6社目の出版社) L.C.ページ社ですが、モードの友人がこの出版社にいて、強く推してくれたのが大きな要因だったようです。そのおかげにせよ、『赤毛のアン』は日の目を見、さらに、モードや出版社の期待を大きく上回る売れ行きを見せることになるのです。『トム・ソーヤーの冒険』の作者マーク・トウェインからも“アリス以来の最も愛らしい子ども”と称賛を受けています。

プリンス・エドワード島州には公式タータンがある。スコットランドからの移民への敬意を示してつくられた。左が一般的なもので、島の赤土、緑の牧草地、白い波しぶきをあらわしたのだという。右はドレス・タータン(女性用に白をベースにしたバージョン)。

COLUMN 2

国旗と州旗

〈レッドエンサイン〉。右側の赤い部分に、各州のモチーフが加えられた旗も使われていた。

アンの学校のクリスマスコンサートは有料で、そのお金を国旗購入の一部にするために公会堂で催されました。国旗が愛国心を養う、とアン。

白地に赤いカエデの葉。この国旗はアンの時代には（モードの存命中にも）なかったものです。それまでは国が決めた公式な旗がなく、イギリスの国旗ユニオンフラッグや、赤地にユニオンフラッグがついた〈レッドエンサイン〉と呼ばれる旗などが使われていました。

現在のカナダの国旗ができたのは1965年。赤・白・赤の組み合わせはヴィクトリア朝からすでにできていて、1921年にはジョージ5世が、赤と白はカナダの国の色である、と宣言していたそうです。

プリンス・エドワード島州の州旗は、1969年に制定された紋章がデザインされている、これも新しい旗といえます。上部の3分の1が、島の名前の元となったケント公エドワード（のちのヴィクトリア女王の父親）の紋章と同じイングランドのライオン。下部の、4本のオークが生えている小さな島は、プリンス・エドワード島を示しています。小さな3本の木は島の3つの郡（プリンス郡、クイーンズ郡、キングス郡）、大きな木はイギリスを示し、その庇護《ひご》下にあることを示しているのです。

独立したとはいえ、カナダはイギリス連邦の一員であり、イギリスと強いつながりがあることが旗からもうかがえます。

お土産のピンバッジとしても売られている、カナダの国旗と、プリンス・エドワード島州旗。

19世紀のワンルーム・スクール内部。イギリスのユニオンフラッグがかけられている。

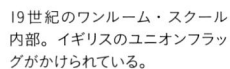

“ゲイブル”というのは、切り妻・破風という意味で、三角屋根の家の三角形状の外壁をさします。そこが緑色に塗られていたので〈グリーン・ゲイブルズ〉という屋号がついた。入口は張り出し玄関（ポーチ）になっており、虫や寒気が直接家に入るのを防ぐ役割を持つ。

や家畜小屋なども新たに建てられ、アンの物語の世界を再現していることはもちろん、アンの時代の暮らしがわかる歴史美術館としての役割も果たしています。

1997年、火災に見舞われましたが、全焼はまぬかれました。修復にあたっては日本の〈カナディアン・ワールド（アヴォンリー村を再現したテーマパーク。現在は公園）〉が持っていたグリーン・ゲイブルズ・ハウスの建築見取図が役に立ったそうです。

家の外に出れば、アンのお気に入りの〈恋人の小道〉や〈おばけの森〉、小川などが森のなかに存在し、読者を満足させてくれます。

〈恋人の小道〉。森を抜け、グリーン・ゲイブルズの農場のはずれまでのびている小道に、アンがつけたロマンチックな名前。

アンがギルバートの頭をたたいて割れた石盤がおかれている。隣には、野外授業で森からとってきた鳥の巣。野外授業や暗誦、体操の時間など、ステイシー先生が取り入れた授業は新しい教育法だった。

COLUMN 3

グリーン・ゲイブルズ・ハウス

物語どおり、東を向いた2階にあるアンの部屋。切り妻によってできた斜め壁の部分がクローゼットになっており（当時クローゼットが備えられた部屋は珍しかった）、マシューからプレゼントされたパフスリーブのドレスがかかっている。(Courtesy of Parks Canada)

『赤毛のアン』と続編が大ヒットしたことで、プリンス・エドワード島をはるばる訪ねてくる愛読者があらわれはじめます。アンが引き取られたクスバート家〈グリーン・ゲイブルズ〉は実在しませんが、モードは親戚にあたるウェッブ家をかなりイメージしていたようで、村人たちもウェッブ家がモデルだと噂しました。

ウェッブ家の人々は嫌な顔もせず観光客をもてなしたそうですが、観光客の増加は州政府を動かします。1937年、ウェッブ家を含む北海岸一帯を国立公園にすることにしたのです。モードははじめは難色を示しましたが、自分の愛する場所が管理保護されるメリットを評価しました。ウェッブ一家はそのまま管理人としてとどまりましたが、現在は州政府の管理となっています。

物語の描写にそって、アンの部屋、マリラの部屋、マシューの部屋、台所、客間、居間などが、1880年代のアンティーク家具で整えられています。納屋

小川はいつも笑っているから好きだとアン。小川と、小川にかかる丸木橋も森のなかに見つけることができる。

CHAPTER 2

100年以上たった現在も、上製本として、あるいは手軽なペーパーバックなど、スタイルはさまざまだが絶版にならずに発行されているアン・シリーズ。映画のスチール写真が使われた版も。

その後の「アン」

『赤毛のアン』のヒットにより、
次々と続編が生まれました。
ここではアンが主体の七冊を取り上げ、
その魅力を探ります。

❖アン・シリーズの魅力

『赤毛のアン』の大ヒットによって、モードは出版社、そして読者の求めに応じて、アンの続編を書いていきます。大学の四年間を描いた『アンの愛情』の次に、新婚時代を描いた『アンの夢の家』を、その次はアンの子どもたちが主役の『虹の谷のアン』を書いています。アン・シリーズはアンの年齢順で書かれていません。『虹の谷のアン』の次は、『アンの娘リラ』に着手。モードはこのリラでアン・シリーズを終わりにするつもりだったようです。続編は五冊も書けば十分で、アンに飽きてしまったともらしています。

　しかし、その十数年後に、アンの人生の空白を埋めるように、『アンの幸福』、『炉辺荘のアン』が出版されました。アン・シリーズはこれで終わりだと思われていましたが、モードの死の当日、出版社に本当に最後のアン・シリーズとなる『アンの想い出の日々（原題 *"The Blythes are Quoted"*）』の原稿が何者かによって届けられました。これは一九七四年に出版されていますが、編集者が手を入れており、モードの原稿そのままの完全版が出版されたのは二〇〇九年です。これが日本で『アンの想い出の日々』上下巻として二〇一二年、私たちが最もなじみのある新潮文庫から、一一巻目として出版されました。

本章ではアンが主体となっている七冊を取り上げ、わかりやすくアンの年齢順で解説します。

巻末の年表を見ていただくとわかるように、アン・シリーズをとおして見てみると、アンの時代というのは、一八八〇～九〇年代に始まり、第一次世界大戦が終わる一九一八年まで（『アンの想い出の日々』では第二次世界大戦前まで）が描かれています。

アンが一一歳から五三歳頃まで成長する四十数年間は、カナダだけでなく世界中が劇的に変化した時期です。生活そのものが変わる発明や発見が次々となされ、人々の価値観が根本から覆《くつがえ》され、社会環境も急速に変化していきました。一人の人間がほんの数十年のあいだに、これだけの変化に直面したのは歴史的に見ても、一九世紀後半～二〇世紀初めにかけてのこの時期しかないでしょう。

モード自身がこの時代を生き、そしてその時代を背景にしたアン・シリーズを描きました。アン・シリーズは、カナダや世界が大きく揺れた時期を生きた一人の少女（女性）のお話ととらえることもでき、物語をそうした高い視点から読む楽しさも備えているのです。

村岡花子の孫・村岡美枝の訳。今までのアン・シリーズにはない独特の構成スタイルが話題になった。

のどかで平和なアンの暮らしは戦争によって一変。これは第１次戦争中に政府が出した節約政策のポスターの一つ。『アンの娘リラ』でスーザンは、バターも砂糖もなしでケーキらしいケーキが焼けるわけがないとこぼす。
(Library and Archives of Canada)

モードが教師として2番目に赴任したベルモント村の小学校の生徒たちと。一番左に立っているのがモード。
(L.M.Montgomery Collection, University of Guelph Library)

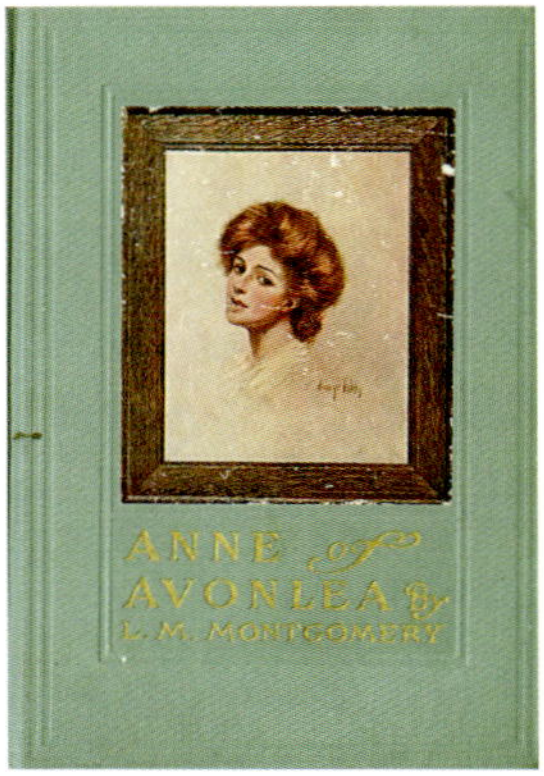

『アンの青春』
L.C.ページ社、1909年。
(L.M.Montgomery Collection, University of Guelph Library)

『アンの青春』

Anne of Avonlea

— アン 16〜18歳 —

アンは、目が悪くなったマリラとグリーン・ゲイブルズを守るために、レッドモンド大学進学をあきらめ、アヴォンリー小学校の先生として働きはじめます。子どもたちに教えることに喜びを見いだしながらも、いつか大学へ行くという夢は捨てずに、ギルバートとともに独学で勉強を続けています。

一方、マリラが身寄りのない双子の子どもを引き取ることになり、アンは今まで以上に家事や育児の手伝いにと忙しく過ごします。新しい住人、新たに知り合った村人たちとの交流もあいまって、社会人になったアンの生活は、変化に富んだ充実したものになっていきます。

『続赤毛のアン』
村岡花子訳、
三笠書房、1954年。
(松本正司氏提供)

物語をより深めるキーポイント

女性教師

キャヴェンディッシュ小学校が、初めて女性教師を採用したのは一八八七年。イズィー・ロビンソンといい、モードの祖父母の家に下宿しました。しかし、きつい性格のロビンソン先生をモードは好きになれず、モードが心から好意を寄せ尊敬したのは、二人目の女性教師ハティー・ゴードンでした。明るく、意欲に燃え、モードの文才を見抜き、励ましてくれました。メイフラワー・ピクニックを企画したり、作文の宿題を出すなど、アンが敬愛するミュリエル・ステイシー先生と重なる部分がたくさんあります。モードは『アンの青春』に、ゴードン先生へ捧げるという献辞《けんじ》をよせています。

女性が社会に出て働くことが珍しかった当時、教師は、看護師や針子などと並んで、独身女性が就くことができる数少ない職業でした。アンだけでなく、友人のジェーン、ルビー、プリシラ、ステラも教師になって働きました。アンとプリシラ、ステラは、自分の貯金でレッドモンド大学へ進むことになります（『アンの愛情』）。

アンはグリーン・ゲイブルズから学校へ通いましたが、自宅から通えない学校に赴任することになると、学校のそばの家庭に下宿する必要があり、下宿代を払いながら大学資金を貯《た》めるのは大変なことだったでしょう。とくに女性は、男性よりも下に見

モードが最初に赴任したのは、ビディファド村の小学校。生徒は6～13歳までの20人だったが、一番多いときで60人の生徒を1人で教えていた。学校はもうなく、写真はモードが下宿したメソジスト派の牧師館。朽ち果てていたものを修復し、現在は一般に公開されている。

印象的な登場人物

ジェームズ・ハリソン
グリーン・ゲイブルズの隣の農場を買って、ニュー・ブランズウィック州から引っ越してきた中年男性。短気でせっかち、けちんぼう。牛をめぐってアンと喧嘩になるが、仲直りをし、その後は心を割って話せるよき友人となる。

デイビー&ドーラ・キース
マリラが引き取った6歳の双子。デイビーはいたずらっ子で始終問題を起こす男の子。ドーラは行儀がよく、ものわかりのよい模範的な女の子。

ポール・アーヴィング
アンの生徒の1人。アンのように想像力豊かで、アンを慕う10歳の男の子。母親を亡くし、アメリカで父と暮らしていたが、アヴォンリーに住む祖母にしばらく預けられることになる。

ミス・ラヴェンダー・ルイス
奥まった石の家にひっそりと暮らす未婚の中年女性。アンが森で迷い、道を聞いたことがきっかけで知り合う。想像力を持ち合わせていることからアンと気が合い、ついにはアンのおかげで、スティーヴン・アーヴィングとの昔の恋を実らせることに。

シャーロッタ4世
ラヴェンダー・ルイス家のお手伝いの女の子。美人ではないが素朴で働き者。アンのようになりたいと憧れる。

モードが3番目に赴任したロウアー・ベデック村の小学校。修復され、一般に公開されている。寒さが厳しい冬にストーブは欠かせない。物語のなかに、アンの勘違いでストーブに入れた花火を爆発させてしまう場面が出てくる。
右下：モードやアンを連想させるドレスを着て出迎えてくれたスタッフ。当時女性教師は動きやすい装飾の少ない服を着ており、色は汚れが目立たない茶色や灰色が多かった。後ろの黒板の上にはヴィクトリア女王の肖像画がかけられている。

られ、給料も男性より安く設定されていたのです。一八七七年の資料によると、一級教員免許の場合、女性は男性の給料の三分の二しかもらえていません。

　モードもアンのように学校の先生になりましたが、どの学校も家から遠く、下宿をしなければなりませんでした。貯金で大学へ通うのは一年が精一杯だったようです。アンも自分の貯めたお金で大学に通えたの

ボストンは清教徒たちがメイフラワー号で入植し、開拓した町。写真は奴隷解放運動の拠点にもなり、レンガ造りの町並みが今も残るビーコンヒル地区。（撮影／ちばかおり氏）

は一年目だけで、二年目はソーバーン奨学金、三〜四年目はミス・ジョゼフィン・バリーが遺《のこ》してくれた一〇〇〇ドルで続けることができたのです。

　教師は村人の注目の的で、社交の中心人物にもなりました。生徒の自宅にお茶や食事に呼ばれることはもちろん、教会の行事、各協会の行事やバザー、村人の個人パーティなどにも招待されました。『アンの幸福』で、アンが生徒とは関係のないところで食事やパーティに呼ばれるエピソードがよく出てくるのは、そのような背景があるからです。そして、移動の馬車を持っていない女教師の送迎は、好意を寄せる男性が積極的にかって出ました。

ボストン

　カナダを舞台にしたアン・シリーズに、ボストンへ働きに行く、ボストンのほうがいい働き口がある、などという表現がよく出てきます。リンド夫人をはじめ、多くの村人はアメリカ人を〝ヤンキー〟と呼んで毛嫌いします。実際、アメリカに染まって帰ってきた島民を、皮肉をこめて〈ホワイトウォッシュド・アイランダー〉と呼ぶ島の方言があるほどです。しかし、アメリカのニューイングランド、とくにボストンはプリンス・エドワード島と強い結びつきがありました。

　一九世紀の中頃から、島のジャガイモや麦などの農産物の輸出が始まり、ボストン間の定期蒸気船もありました。一八八〇年代からそれまで島で栄えていた造船業や海運業が衰え、島の経済は下降します。経済的な困窮で、多くの男女はアメリカのニューイングランド（島の人々は〝ボストン州〟と呼んでいました）で仕事を探しはじめ、実際に多くの島民が島を離れました。女性は子守《ナニー》や家政婦《ハウスキーパー》、針子として働くことが多かったそうです。

　一八八〇年にはボストンで、島を含めた沿海州《マリタイム》全体で四三七四人の女性が雇われたという調査結果があります。ボストンはとくにプリンス・エドワード島の人々が多く移っていった町で、島民たちのコミュニティができていました。

　そうしたアメリカで暮らす島民に、島に帰省してもらおうと、旅行イベントとして一九〇五年に設けられたのが〈ふるさと《オールド・ホーム・》週間《ウィーク》〉です。これは現在も続いており、アンがダイアナと一緒に連れて行ってもらったシャーロットタウンの品評会《エキジビション》（第1章参

ブルー・ウィローのカップ＆ソーサー（手前・スポード社1810年代、奥・ミントン社1910年代）。物語をあらわす柳、クーンシーの家、川に張り出した別棟、逃げる2人や追う父、鳥などが描かれている。初期のカップは中国からの輸入品をまねたため、持ち手がついていない。（Cha Tea紅茶教室提供）

照）は、この期間に行われています。八月中旬の一週間、日本ではちょうどお盆の時期にあたります。日本人がお盆で実家に帰省するように、島を離れていた島民たちが戻ってきて、島は観光客も含めて大変賑わいます。

ブルー・ウィロー

教会の婦人会が募金集めの催しで、昔の台所を再現した模擬店《もぎてん》をつくることになり、アンはアラン夫人が〝本物のブルー・ウィロー〟の大皿を使いたがっていることを知ります。ブルー・ウィローというのは、アンの時代よりも約一世紀ほど前、一八世紀後半から人気が出たブルー＆ホワイトの陶《とう》磁《じ》器《き》のことです。

イギリスでは一八世紀後半以降、中国製のブルー＆ホワイトの陶磁器を見本にした食器の生産がさかんになり、上流階級のあいだで人気が出ました。一七八四年に銅版転写が可能になり、より安価なブルー＆ホワイトの食器が生産されたことで、中産階級にまで普及していきます。

なかでも爆発的に流行したのが〈ブルー・ウィロー〉と呼ばれた柄です。もともとは一七八〇年にトーマス・ターナーが考案したといわれていますが、一七九〇年頃トーマス・ミントンが図案に手を加え、現在にまで続くパターンが完成しました。

地は白で、描かれる絵の色は青《ブルー》一色。ピンク、緑、茶色も出ていますが、青が一番の人気でした。売り上げをのばすため、ミントンは考案した柄に物語をつけました。

――中国の税官吏の娘クーンシーが、身

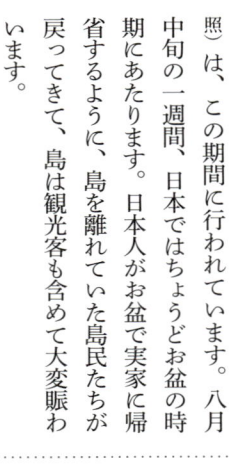

大皿をはじめ、ブルー・ウィローの食器はバリエーション豊か。
アンティークのブルー・ウィローの食器は現在も人気がある。
（Keir Memorial Museum）

分違いの家来チャンと恋に落ちます。父に反対されると秘密でつきあっていましたが、見つかってしまいます。父は高い塀に囲まれた別宅に娘を幽閉《ゆうへい》、高い位の大公との縁談を決めました。婚礼の日、忍び込んだチャンはクーンシーを連れ出すのに成功しますが、大きな柳《ウィロー》の木のたもとで見つかってしまいます。何とか逃げ切った二人は結婚。しかし追手に見つかり、小舟に乗って小さな三角州に逃げますが追いつかれ、チャンは殺されました。絶望したクーンシーは屋敷に火を放ち、炎のなかに身を投げます。哀れに思った神様は二人を鳥に変え、鳥になった二人はしっかりと寄り添い、遠い彼方へと飛んでいきました――

　という物語です。これは中国の逸話と思われていますが、実はフィクションです。

　皿の模様とロマンチックなストーリーが、よりブルー・ウィローの人気を高めたことはいうまでもありません。陶磁器の世界を超え、イギリスのオペラや無声映画にもなり、小説にも描かれたほどです。

　アラン夫人が〝本物のブルー・ウィロー〟と言ったのは、あまりの人気に質の悪い商品が出回っていたためでしょう。

ハリファックスのダルハウジー大学。クイーン学院在学中成績がトップだったアンは、レッドモンド大学の〈エイヴリー奨学金〉を獲得します。ダルハウジー大学には実際同じエイヴリーという名前の奨学金制度が存在していた。

『アンの愛情』
ザ・ページ・カンパニー、1915年。
(L.M.Montgomery Collection, University of Guelph Library)

『アンの愛情』
Anne of the Island
── アン 18〜22歳 ──

アンは、ギルバートやプリシラとともに、ノヴァ・スコシア州にあるレッドモンド大学へ進学することになりました。ノヴァ・スコシアはアンの生まれ故郷とはいえ、すっかり島の子になったアンにとって島を離れるのはつらいことでした。それでも、プリシラとは下宿も同じで心強く、学校ではフィリッパという親友もでき、大学生活は慣れるにしたがって充実したものになりました。2年目には仲よしのステラも編入してきて、古風な一軒家〈パティの家〉を友人とシェアすることに。そしてとうとう、アンは憧れの王子様と出会い、恋に落ちます……。

『第三赤毛のアン（アンの愛情）』
村岡花子訳、
三笠書房（若草文庫として出版）、
1955年。
（松本正司氏提供）

印象的な登場人物

フィリッパ・ゴードン
大学の同級生。愛称フィル。裕福な地元名士の娘で美人。頭もよく人気者。

ステラ・メイナード
クイーン学院の親友で、2年目からアンと一緒に大学に通う。

ジェムシーナおばさん
ステラの叔母。ユーモアに富んだやさしい婦人。パティの家に一緒に住み、アンたちをフォローする。

ミス・ハナ&エイダ・ハービー
アンとプリシラが1年目に下宿した家の、双子の女主人。

ミス・パティ&マリア
パティの家に住む老婦人。旅行に出ているあいだ、家をアンたちに貸してくれる。

ロイヤル・ガードナー
愛称ロイ。アンが夢に描いていたとおりの、背が高く、黒い瞳、甘い声のハンサムな理想の王子様。つきあって、結婚の申し込みを受けるが、アンは断ってしまう。

モードが通っていたフォレスト・ビルディングは
現在も残っている。（撮影／松本正司氏）

物語をより深めるキーポイント

レッドモンド大学

アンが教師の資格を取得するために通ったクイーン学院のモデル〈プリンス・オブ・ウェールズ・カレッジ〉は、大学《カレッジ》という名はついていますが、実際は高等学校程度の教育を与える大学予備校のようなところでした。当時プリンス・エドワード島に四年制大学はなく、学位を得るには他州の大学に進むしかありませんでした。

隣州であるニュー・ブランズウィック州やノヴァ・スコシア州の大学へ進む場合が多く、モード自身は、ノヴァ・スコシアのハリファックスにある、規模の大きなダルハウジー州立大学の英文学の特別コースに、聴講生として一年通っています。学位はもらえませんが入学試験はなく、四年間通う学費がなかったモードが選べる最善の方法でした。このダルハウジー大学で学んだ経験が、アンが学んだレッドモンド大学のモデルになったことはいうまでもありません。ダルハウジー大学は階級や宗教に関係しない、すべての人に開かれた大学をと、第九代ダルハウジー伯爵によって一八一八年に設立されました。

ギルバートは卒業後、さらにレッドモンド大学の医学部へ進んで医者をめざしました。ダルハウジー大学に医学部ができたのは一八六八年。医学部に女性の入学が許されたのは一八八一年でした。ちなみにカナダで初めて医師免許を取得した女性はジェニー・トラウトで一八七五年のことです。

物語のなかで、アンはアヴォンリー村で初めての大学に進む女性になった、と描写されており、村人から過度の心配や嫌味を言われます。当時女性が大学にまで進むということは特別なことと見られており、頭を使うことによって、母親としての適性を損なうと唱える学者もいたほどです。そういう意味でアンは、古い慣習を破って時代を切り開いていった女性を象徴しているともいえます。

セント・ポール墓地。1793年にイングランド国教会のセント・ポール教会に管理が任されたことから、教会の名前で呼ばれるようになった。

ハリファックス

レッドモンド大学のあるキングスポートという港町は、架空の名前ですが、物語の描写から、ハリファックスであることは間違いありません。ハリファックスはノヴァ・スコシアの州都で、アンの時代からカナダ大西洋地域の経済や文化の中心地でした。初めての大西洋横断蒸気船が出港したのは一八三七年、このハリファックスからでした。

ハリファックスへのイギリス人の入植が始まったのは一七四九年で、その後フランスとの領土をめぐる戦争での重要な基地となりました。

物語に描かれている、公園にある海岸防備の円形砲塔《マーテロタワー》は、船の出入りが見渡せる岬に一八世紀に建てられました。五つの砲塔のうち現在残っているのはポイント・プレザント公園にある〈プリンス・オブ・ウェールズ・タワー〉で、物語で言及されているのもこのタワーと思われます。アンがよく散策に行った眺めのよい海岸の公園も、このポイント・プレザント公園がモデルでしょう。

もう一つ、物語に描かれているのが、町を見下ろす丘の、いかめしい大砲を抱える要塞《ようさい》。これは〈ハリファックス・シタデル〉で、フランス軍に対抗するためにつくられました。

そして、アンのお気に入りの〈オールド・セント・ジョン墓地〉。現在は墓地としては使われておらず、観光名所になっているほど、緑が豊かで、古風な趣と魅力がある、と描写されています。アンは自分の部屋から墓地が見えることを気味悪がりますが、訪れてみたら〝想像の余地〟があり、何度も散歩をする場所になりました。この墓地は、実在する〈セント・ポール墓地〉がモデルです。イギリス人の入植が始まったのと同じ一七四九年にできたハリファックス初の墓地で、一万二〇〇〇人が眠っています。物語に、もう墓地としては使われていないと書いてあるように、一八四三年に墓地としての役割を終えています。

〝立派なライオンをいただきにのせた石のアーチ〟というのも、墓地の入り口を入ったところに堂々とたっています。これはクリミア戦争（一八五三〜一八五六年）で亡くなった戦士の祈念碑で、一八六〇年にたてられました。参戦したイギリスが勝利したので、凱旋門《がいせんもん》とも呼ばれています。カナダは

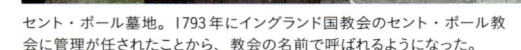

何度も建て替えられ、現在のシタデルは1856年に完成したもの。現在でも衛兵交代、大砲を打つ儀式が行われている。

ライオンをいただいた祈念碑。ライオンは百獣の王の強さの象徴で、イギリスの国章、イギリス国王の紋章にも描かれている。ちなみにスコットランドの象徴はユニコーン。

イギリス連邦の一員のため、この戦争にも出兵し、多くの戦死者を出しました。

プロポーズ

アンは大学時代に四人の男性からプロポーズを受けました。交際が始まれば、結婚を意識するようになるのは当然で、アンも二年ほどつきあったロイ・ガードナーからプロポーズされます。受け入れるつもりでいたアンですが、恋に恋していたことに気づき、断ってしまいます。

アンの時代、交際していても男女が二人きりで行動することはタブーでした。こっそり会うことは恥ずべきことで、男性は紳士的なふるまいを要求され、アヴォンリー

ポイント・プレザント公園の〈あずまや〉。アンとロイが出会ったのはこのようなあずまやで、ロイは出会ったところをアンへのプロポーズの場所に選んだ。（撮影／松本正司氏）

名前や住所が書かれた名刺の役割のカードのほか、このようなカラフルな模様が描かれたカードも、ヴィクトリア朝に社交としてよく使われており、子どものあいだでも流行していた。『赤毛のアン』で、アンが初登校の日、クラスメイトのソフィア・スローンから“May I see you home?”と書かれたかわいいピンクのカードを貸してもらう場面がある。

のような小さな村ではとくに厳しい監視の目が注がれていました。男性が女性と話せる機会は日曜日の教会への礼拝のあとに一緒に歩いていくか馬車で女性を家まで送り届けるとき、教会や地域の催しもののとき、あるいは女性の家へ夜に訪ねていくときくらいでした。女性の家を訪ねるのは女性一人のときではなく、両親がいる時間でなければなりません。

アンの物語にもよく、礼拝のあとや催しのあとに、男性が家まで送ってよいかと女性にたずねるシーンが出てきます。アンの時代は、言葉の代わりに〈カード〉も社交によく利用され、自分の名前や住所を書いた名刺の役割のカードや、「家におうかがいしてもよろしいですか」と書かれたお誘いカードなどを女性に渡しました。

プロポーズは男性からするのが普通で、女性が承諾したら婚約が成立です。当時は女性の父親の賛成も当然のように必要とされていました。『アンの幸福』には、女性の父親が反対することが明白な二人を、アンが駆け落ちさせてしまう場面が出てきます。

結婚を控えた女性は、新居で使うことになる寝具類を自分でつくる準備を始めます。自らの手でつくるのが普通だった当時、数多くそろえるのには時間がかかりました。つくったものは〈希望の箱《ホープ・チェスト》〉と呼ばれる、木製の丈夫な蓋付箱に大切に保存され、チェストごと嫁入り道具として新居に運ばれていったのです。フィルは、はっきりとプロポーズをされて婚約してもいないのに、ドイリーに刺繍したり、テーブルクロスにヘムステッチをするわけにはいかないわ、とアンに話しています。

猫

『アンの愛情』で、アンのあとを追いかけてきた野良猫が、アンから離れようとせず、そのままパティの家で飼われることになり、ラスティと名づけられました。

アンの時代、プリンス・エドワード島では農場を営む家が多く、番犬と、ネズミ退治の猫を飼っているのが普通でした。グリーン・ゲイブルズも農家ですが、犬も猫も、なぜか登場しません。マリラが猫や犬を嫌いだったからかもしれません。

アンとかかわる猫が登場するのはこの『アンの愛情』が初めてで、それもアンは「猫はきらいじゃないけど」という表現をしていて、猫のほうが積極的にアンにかか

モード自身が撮影した愛猫たち。猫の写真は数多く撮影している。被左上：フェンスの上に座る〈ラッキー〉。右上：馬車の座席の上でひなたぼっこする子猫たち。中：井戸のポンプの上に座る〈パット〉。
(L.M.Montgomery Collection, University of Guelph Library)

わってきます。結婚した新居でアンが飼いはじめるのは犬で、猫ではありません。『炉辺荘のアン』ではたくさんの猫を家で飼っていて椅子に座るときは猫がいないかどうか確めないといけないと書いてあり、やっとアンが猫をなでる場面が出てきます。

　モードのほかの小説の主人公が大の猫好きに対して、アンは違うという点で、モードはあえてアンをそのように描いたのではないかとも想像ができます。もちろん、犬を飼った『アンの夢の家』でも、アンが犬をかわいがるシーンは同じように出てこないため、動物とアンとの接触が不思議と極端に少ないということが、アン・シリーズの特徴です。

　作者のモードはというと、無類の猫好きで、小さな頃から生涯にわたって、たくさんの猫を飼いました。モード自身が撮影した愛猫の写真はたくさん残っています。『赤毛のアン』を執筆しているときに飼っていたお気に入りの猫〈ダフィー〉は灰色の猫で、モードは灰色の猫だけが本物の猫だとまで述べるほど、灰色の猫を溺愛していました。『アンの愛情』のラスティも灰色がかった猫です。

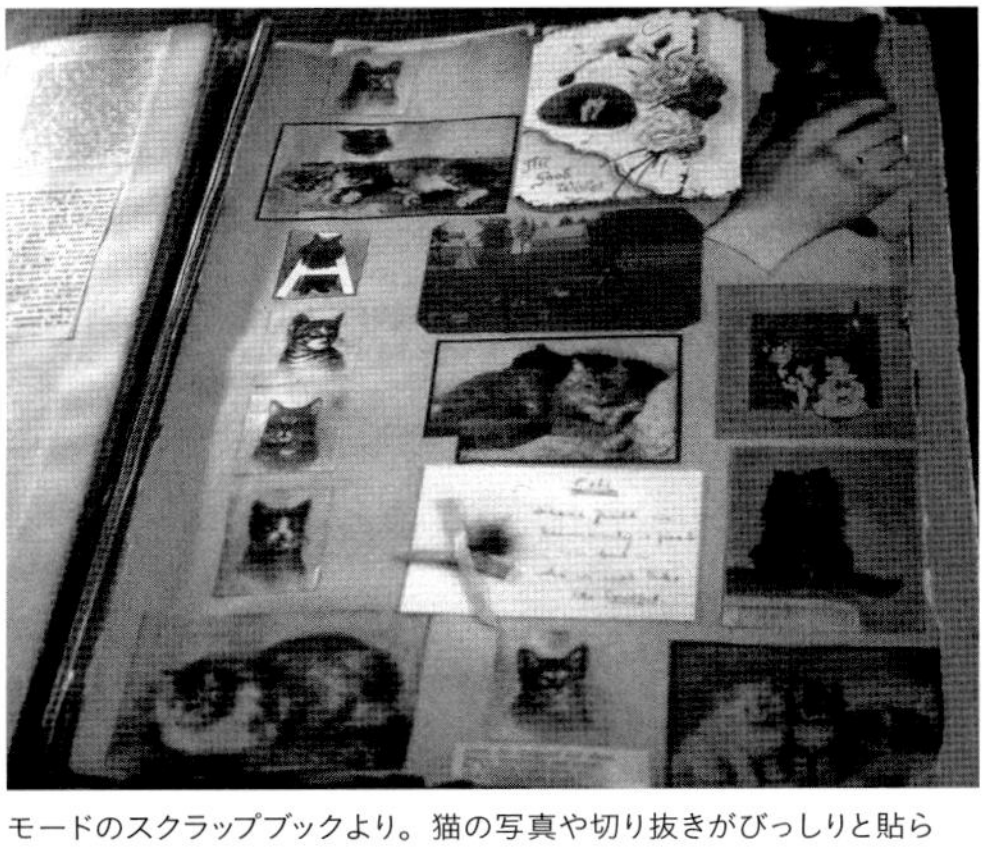

モードのスクラップブックより。猫の写真や切り抜きがびっしりと貼られている。(Courtesy of L.M.Montgomery Birthplace)

モードの父方の祖父の家。〈L.M.モンゴメリ ヘリテージ・ミュージアム〉として公開されていた時期もあったが現在は個人宅。取材時現存していたのはマゴグ（のモデルになった犬）のほうだけでゴグ（のモデルになった犬）のほうはメイドが落として壊してしまったという。

モンゴメリ家の子孫でミュージアムの館長をされていた故ロバート・モンゴメリ氏。

陶器の犬

アンはパティの家の暖炉の両側に向かいあうように飾ってある、緑の斑点模様がついた、陶器の一対の犬の置物をひと目で気に入りました。それはパティの家の初代の主がロンドンから持ってきた一〇〇年以上も前の古いもので、そのときからずっと暖炉の両側にいたと描写されています。右を向いているのが〈ゴグ〉、左を向いているのが〈マゴグ〉。ゴグとマゴグは、『旧約聖書』に登場する、神に逆らう巨人の悪魔の兄弟で、キリスト教徒にはなじみのある名前です。

アンがあまりにこの陶器の犬を好きだというので、ミス・パティ&マリアは、アンの結婚祝いに贈ってくれます。アンは新居の暖炉にゴグとマゴグを飾って家の守護神としました。ジム船長が〝かわいいやつら〟だとほめる場面もあります。アンはとても大切に扱い、ゴグとマゴグは『炉辺荘のアン』にも数回、登場しています。

この陶器の犬、実際にモードの父方の祖父の家にありました。貴族的な二匹の犬が気になる小さなモードに、父は時計が夜中の一二時を打ったとたん、二匹の犬は暖炉

一般的に、〈スタッフォードシャー・ドッグ〉は座った姿で、金の鎖と南京錠がついており、白がベースになっている。斑点の色はモードが探した緑色のほかにも、金色や茶色、黒などがあった。古いものは手描きだったので、対とはいえ同じ顔ではないところも味がある。

ペットとして人気のあるキャバリア。

から飛び降りて吠え出すのだと告げ、モードはそれを確かめようとまでしました。小さい頃からその犬の置物がほしくてたまらなかったモードは、新婚旅行先のイギリスで探しますが、緑色の斑点の犬がどうしても見つからず、代わりに金色の斑点のものを買いました。アンと同じようにモードの新居にも、ゴグとマゴグが飾られていたのです。

ゴグとマゴグは、一八世紀に〈スタッフォードシャー・ドッグ〉と呼ばれた陶器の犬の一つです。イギリス中西部のスタッフォードシャーは当時から陶磁器の生産がさかんで、この州の窯元で一七二〇年頃からつくられるようになった陶器の犬が、その人気とともに、州の名前で呼ばれるようになりました。ヴィクトリア朝に裕福な家庭の象徴として大流行し、この犬が飾られていない暖炉はなかったといわれています。ゴグとマゴグは人気の犬種〈キャバリア・キング・チャールズ・スパニエル〉です。イギリス産の小型犬で、チャールズ一世、チャールズ二世、ヴィクトリア女王など、イギリスの君主の愛犬になり、肖像画のなかに一緒に描かれた、まさに〝貴族的な〟犬でした。

塔の部屋の左の窓からは、サマーサイドの町の家々の屋根が見えると描写されている。写真は郵便局の屋上からの東方向の眺め。こんな風景をアンは眺めていたのだろう。(Library and Archives of Canada)

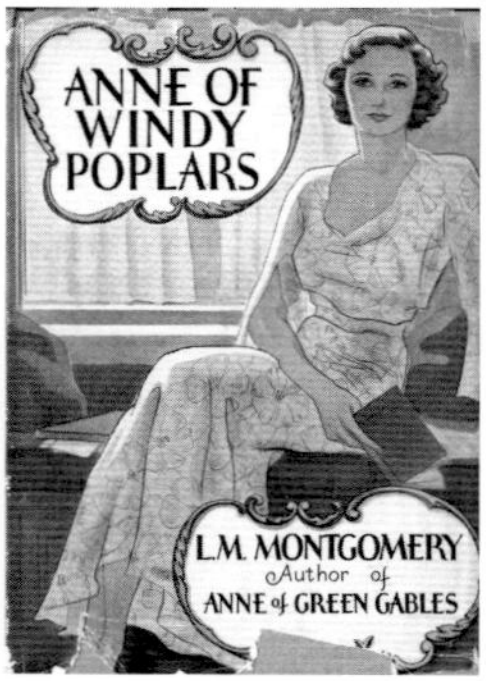

『アンの幸福』
フレデリック・ストークス社、1936年。

『アンの幸福』マックレランド・アンド・スチュアート社、1936年。(L.M.Montgomery Collection, University of Guelph Library)

『アンの幸福』

Anne of Windy Willows

── アン 22〜25歳 ──

ギルバートからの2度目のプロポーズを受け入れ、アンはギルバートと婚約しました。しかし、ギルバートは医者になるためにもう3年間レッドモンド大学で学ばねばなりません。アンはギルバートが医者になるまでの3年間、島のサマーサイド・ハイスクールの校長として働きます。町にはプリングル一族がはびこり、一族の者ではないアンが校長に選ばれたことに嫉妬し、一族そろってアンを敵視します。プリングル一族の生徒からもいじわるを受けますが、下宿先の柳風荘の人々はアンを応援してくれ、自分を慕ってくれる隣家の小さなエリザベスもアンの支えになります。

『第五赤毛のアン(アンの幸福)』村岡花子訳、三笠書房(若草文庫として出版)、1957年。日本ではイギリスのハラップ社のものを翻訳している。(赤毛のアン記念館・村岡花子文庫提供)

物語をより深めるキーポイント

柳風荘

『アンの幸福』の原題は“*Anne of Windy Willows*”で、アンの下宿先の屋号（村岡花子訳では〈柳風荘〉、掛川恭子訳では〈風そよぐヤナギ荘〉）がタイトルに入っています。柳《ウイロー》がつくのはイギリスのハラップ社から出たタイトルで、アメリカのストークス社から出たタイトルは“ポプラ”になっています。モードの元原稿は柳でしたが、ストークス社がポプラに変えました。理由は、ケネス・グレアム（イギリスの作家。一八五九〜一九三二）の『風そよぐ柳の木立（“*The Wind in the Willows*”）』（邦題は『たのしい川べ』）を連想するから、というもの。イギリス版はいつもアメリカ版をもとに印刷していましたが、ハラップ社は“柳”のまま出版します。イギリス人はポプラについては知らないけれども柳のことなら当然知っている、だから混乱することはない、という結論でした。

『アンの幸福』のアメリカ版にはもう一点、イギリス版と違うところがあります。ストークス社は、アンが墓地を歩くシーンと、トムギャロン宅を訪ねるシーンに出てくるエピソードのいくつかを削除しました。しかしハラップ社はここでもモードの原稿のまま印刷したので、ストークス社が削除した部分がそっくりそのまま入っていました。そして、あるイギリスの新聞が、ストークス社が削除した部分をおもしろいと評価していることを、モードは愉快がりました。

サマーサイド

サマーサイドは、実際にプリンス・エドワード島に実在する、シャーロットタウンに次ぐ大きな町です。アヴォンリーのモデルになったキャヴェンディッシュ村が北海岸沿いにあるのに対し、サマーサイドはキャヴェンディッシュとは三六km離れた南海岸沿いにあります。一八八一年のサマーサ

柳風荘でアンが使わせてもらったのは〈塔の部屋《タワー・ルーム》〉。塔はクイーン・アン様式（イギリスのアン女王の時代に生まれた様式をもととする）の特徴の一つ。サマーサイドに現存する、円形の塔を持つこの家は1908年頃の建築。

印象的な登場人物

ケイト＆チャティおばさん
アンが下宿した柳風荘に住む未亡人。ケイトおばさんはマリラ・タイプ、チャティおばさんは涙もろい。

レベッカ・デュー
柳風荘の家政婦として働く未婚の中年婦人。料理が得意。

キャサリン・ブルック
サマーサイド・ハイスクールの教師。アンに冷たくするがクリスマスをグリーン・ゲイブルズですごしたことで心を開いていく。

小さなエリザベス
柳風荘の隣に住む8歳の女の子。母を亡くし、父とは離れて、サマーサイドの曾祖母の家で暮らしている。

1880年の図版入り地図帳より、造船業で莫大な財を築いたジェームズ・ヨオの屋敷と造船所の様子。(Public Archives and Records Office of Prince Edward Island)

黄金時代があったことさえ忘れられている現在、島で唯一造船業の面影を知ることができるのが、ポートヒルにある〈グリーンパーク・シップビルディング・ミュージアム〉。ジェームズ・ヨオの屋敷が残っており、イベントも催される。

イドの人口は約二八〇〇〇人。現在は約一万四〇〇〇人です。

サマーサイドへの初期の入植者は、アメリカ独立戦争（一七七五〜一七八三年）が起こったあと、イギリスを支持してアメリカから逃げてきたロイヤリストたちです。

ベデック湾に面した、勾配《こうばい》があり水深のある海岸沿いは造船には理想的でした。最初の造船所がつくられたのが一八五一年で、最初に進水したのは一二二一tという大きな横帆《おうはん》式帆装船です。一八六三〜一八六六年までのわずか三年間に、五四もの帆船がつくられたという記録があります。

鉄鋼の蒸気船が発明される以前、輸出入や島外移動を担っていたのは木造の帆船でした。島には豊かな森林が広がっており、木材の伐採から造船まで、島ですべての工程を行うことができました。サマーサイドをはじめ、造船業に適した海岸沿いの村は造船業で大きく発展していきます。しかし、一八八五年の記録はたったの一艘《そう》。鉄鋼の蒸気船にとってかわられたのです。島の原木も枯渇《こかつ》状態にあり、島の造船業の黄金時代は一九世紀後半には終焉《しゅうえん》を迎えました。

『アンの幸福』で、アンの部屋からはサマーサイドの港の全体が望めます。帆をあげたかわいい小船がいくつも浮かんでいて、大きな船は外洋へと出て行く、と描写されています。アンの物語に描かれているのは黄金時代のあとのサマーサイドですが、まだ帆船の賑わいは残っているようです。『アンの想い出の日々（上）』には、生涯を造船技師として、船の所有者として成功し、世界を股にかけた老人が描かれています。

スコットランド女王メアリー

アンは学校で演劇部《ドラマクラブ》をつくり、教室に飾る版画購入資金を集めるため、公演を企画します。演目は〈スコットランド女王メアリー〉。メアリー女王を演じた生徒のソフ

現在、サマーサイドの港には土産物店が並ぶエリアができ、当時の繁栄をしのぶように帆船もおかれている。

帆船はマストの本数と帆の種類で〈スクーナー〉〈ブリッグ〉〈ブリガンティン〉〈バーク〉〈シップ〉などと分かれる。写真はカナダの切手になった世界最速のシップといわれた〈マルコ・ポーロ号〉。1851年ニュー・ブランズウィック州のセント・ジョンから進水し、活躍した。しかし1883年、プリンス・エドワード島のキャヴェンディッシュ沖で難破。8歳だったモードはそれを目の当たりにした。16歳のときその事件を書いた作文がモントリオールの雑誌主催の作文コンクールに3位入賞。

ィーは、女王が大好きで、名前を聞いただけで指の先まで震えるほど。演技は初めてでしたが、見事に演じ切り、その後、ソフィーは有名な女優になったと描写されています。

『赤毛のアン』で、アンが授業で暗誦した詩も、〈スコットランド女王メアリー〉（ヘンリー・ベル作）でした。アンが全霊を込めて「メアリーは言った、猛き父の力を、いま、与えたまえ、弱き女心よ、さらば」と暗誦した際、友だちのルビーは血が凍りそうなほど感動しています。

メアリーはスコットランド王ジェームズ五世の娘で、生後六日で王位を継承しました。フランス王太子のもとに嫁ぎ、のちにフランス王妃になりますが、王の死去によりスコットランドへ帰国し、再婚。イングランドのエリザベス女王はジェームズ五世のいとこにあたるため、実子のメアリーこそ、スコットランドのみならず、イングランドの正統な王位継承者だとする一派もあり、エリザベス女王にとってメアリー女王の存在は脅威でした。のちにスコットランドの反乱軍に廃位させられたメアリーは、驚くことにエリザベス女王に助けを求めます。エリザベス女王はメアリーを軟禁状態で保護しますが、メアリーがエリザベス暗殺計画に加担した罪で処刑せざるをえなく

メアリー女王の肖像画（作者不明）。モードは晩年〈昔をしのぶ夜〉という集まりで、〈スコットランド女王メアリー〉を暗誦しており、そのときはメアリーのいでたちで参加し、一大センセーションを巻き起こした。着るものはとても大事よ、とアンがキャサリンに言う場面があるように、モードはメアリー女王の衣裳を身につけた瞬間からメアリー女王になったと述べている。

なりました。

　独身を貫いたエリザベスは自分のあとをメアリーの息子ジェームズ六世に託して亡くなります。こうして敵対していたスコットランドとイングランドはジェームズという同じ王をいただくことになるのです。

　スコットランド系の人々にとって、メアリーは美しく、悲劇の女王として親しまれており、メアリー女王を題材にした詩の暗誦や劇はよく上演されていました。

カメラ

　アン・シリーズに初めて写真とカメラが登場するのがこの『アンの幸福』です。


　楓屋敷《メープル・ハースト》に招待されたアンが、プリングル一族の歴史を物語る、革のケースに入った銀板写真を何百枚も見せてもらう場面があります。銀板写真は、一八三九年にフランスのダゲールが発明した世界初の実用的な写真法（銀製の板に画像を定着させる）で、その名をとってダゲレオタイプと呼ばれていいます。高価な銀板写真を何百枚も持っているところからも楓屋敷の裕福さがうかがえます。

　銀板写真ののちに、ガラス乾板（一八七一年に発明。ゼラチン乾板ともいう）、紙フィルム、セルロイドフィルムと、カメラはどんどん使いやすく進化していきます。


　アンは、素敵な農家の写真コンテストに応募する写真を撮りたいという生徒のルイス・アレンを連れて、演劇部の寄付集めに回ります。ルイスが最後に一枚残っていた乾板にテディと愛犬を収める場面から、ガラス乾板のカメラを持っていたことがわかります。ガラス乾板は工場生産のおかげで安価で、感度も以前よりよくなりましたが、それでもカメラは贅沢品で、当時大衆にまで普及していませんでした。

　写真の大衆化には、ジョージ・イーストマンの功績があります。彼はフィルムの製造開発だけでなく、一八八八年には〈No.1コダック〉というカメラも発売。「ボタンを押すだけ、あとはコダックが全部やりま

野外撮影をする女性たち。女性が手にしているカメラは〈No.1コダック〉。コダック社は女性でも簡単に扱えることをアピールするため、1893年の広告から、ファッショナブルで魅力的な自立した女性を起用しはじめ〈コダック・ガール〉という愛称で人気を集める。カメラはスタイリッシュな女性のあいだで流行した。(Library and Archives Canada)

モードが初めて購入したカメラは右のような、4×5インチの蛇腹式箱型カメラでガラス乾板を使うものだった。左は1900年頃発売されたつめかえカートリッジ式の軽量カメラ。モードが新型のカメラを購入したと文通相手に書いているのは、このようなカメラだったのだろう。

す」という宣伝文句で発売し、人気を博しました。

ルイスは、自分で焼き付けを行っています。色がはげて灰色になっていても写真に撮ったらわからないわ、とアンが言うように、当時の写真は白黒でした。アン自身がカメラで撮影するシーンは出てきませんが、炉辺荘には家族のスナップ写真がたくさん飾ってある描写があります。

ジャポニスム

アンはプリシラから、日本にいる友だちが送ってくれたという便箋《びんせん》を受け取ります。サクラの花模様がうっすらと描かれている薄くなめらかな紙、と描写されているその便箋は和紙でしょう。

『炉辺荘のアン』には、炉辺荘のベランダに華やかな日本提灯《ちょうちん》が吊るしてあったと描写されています。

『アンの幸福』でも、『アンの娘リラ』でも、女性たちが、日本の着物をガウン代わり、部屋着として着ている場面があります。

東洋的なものは『赤毛のアン』にも登場しています。アンがダイアナたちと池でエレーン姫ごっこをした際、エレーン姫の金色の布の代わりに使ったのが、ピアノ掛けとして使っていた、黄色い絹の日本ちりめんでした。

遠く離れた東洋のものがアンの物語に出てくるのは、一八八〇〜九〇年代にかけて、北米でブームになった日本趣味《ジャポニスム》が影響しています。ジャポニスムは、ヨーロッパでは一九世紀後半にすでに始まっていました。漆器《しっき》や陶磁器《とうじき》、織物、傘、扇、浮世絵《うきよえ》など、自国にはない東洋的なものが、暮らしのさまざまな場面で使われました。

モードが撮影した、自転車に乗って遊ぶ息子たち。1890年代に自転車とカメラが流行し、モードは自転車ではなくカメラを購入した。
(L.M.Montgomery Collection, University of Guelph Library)

モードは自宅に暗室をつくり、焼き付けも行った。プリントしてスクラップブックに貼りつけたり、部屋に飾っている。写真は結婚前のモードの部屋。写真がたくさん壁に貼られているのがわかる。
(L.M.Montgomery Collection, University of Guelph Library)

キャヴェンディッシュの長老派教会内部。結婚式のために飾り付けられている。モード自身が撮影。
(L.M.Montgomery Collection, University of Guelph Library)

『アンの夢の家』
フレデリック・ストークス社、1917年。
(L.M.Montgomery Collection, University of Guelph Library)

『アンの夢の家』
Anne's House of Dreams
── アン 25〜27歳 ──

ギルバートが医学部を卒業し、医師になりました。アンはサマーサイド・ハイスクールの校長を辞任し、ギルバートと結婚します。海沿いのグレン・セント・メアリー村の、小さな家がアンの〈夢の家〉となり、2人の新婚生活が始まりました。家が中心部から離れているため、灯台守のジム船長と、近所のレスリー、ミス・コーネリアがアンの話し相手になってくれます。アンはここで喜びのみならず悲しみも経験することになります。

『アンの夢みる家』
村岡花子訳、
三笠書房（若草文庫ポケット版として出版）、
1958年。
(松本正司氏提供)

印象的な登場人物

ジム船長（ジェームズ・ボイド）
岬の灯台に住む、年老いた灯台守。若い頃は船乗りで、さまざまな冒険談をアンに話してくれる。

コーネリア・ブライアント
おしゃべりだが、世話好きで心優しい中年婦人。いつも男性の悪口を言っているが、のちにマーシャルと結婚する。

レスリー・ムーア
夢の家の近所に住む美しい女性。家族を亡くした寂しさを抱えている。お金のために結婚をさせられ、記憶喪失になった夫の面倒をみている。

オーエン・フォード
静養のためレスリーの家に下宿した新聞記者。レスリーを愛し、のちに結婚する。

スーザン・ベイカー
アンの初産のときに手伝いにきてくれた中年の未婚女性。以後、アンの家族の一員となった。

ジョイス
アンの長女。生まれてすぐに亡くなってしまう。

モード自身、いとこの家の客間で、1911年7月、結婚式を挙げている。その家は現在〈赤毛のアン博物館〉として公開されている。写真はモードが式を挙げた客間。奥にあるオルガンは、モードの結婚式のときにいとこが弾いたもの。

物語をより深めるキーポイント

結婚式

農場の多かったプリンス・エドワード島では、結婚式は作物の植え付けがすんだ春に行われることが多かったそうです。教会や牧師の家で挙げるのが普通で、披露宴は花嫁の家で行われました。『赤毛のアン』に、ダイアナが教会で結婚式を挙げた人は一人もいないと話すシーンがあります。当時はまだ牧師を呼び自宅の客間で結婚式を行う古くからの習慣が残っていました。ダイアナは自宅の客間で結婚式を挙げており、アンもグリーン・ゲイブルズで、アラン牧師を呼んで結婚式を挙げました。場所は客間ではなく、自然を愛するアンらしく、果樹園でした（屋外での結婚式という前例のないことにリンド夫人はショックを受けましたが）。

第一次世界大戦後が背景の『アンの想い出の日々（下）』では教会での結婚式が描写されており、教会での挙式が一般的になってきていることがわかります。ただ、アンの娘ナンは、炉辺荘の芝生の庭で式を挙げたいと希望し、スーザンが教会で結婚するなんて噂の種をまくようなものだと言っているので、まだまだ教会での結婚式は田舎のほうでは珍しかったようです。

ダイアナの結婚式でアンは初めて花嫁付添人《ブライズメイド》をつとめました。ブライズメイドは花嫁が、友人や親族のなかから独身女性に頼みます。人数に制限はありません。花嫁の先に立って入場し、式のあいだもそばにいるなど、花嫁の分身のような役割です。結婚式には幸せなカップルを妬《ねた》んで悪魔がやってくるという言い伝えがあり、その悪魔をまどわすために花嫁に似たブライズメイドをつけるのが習慣となりました。花婿《はなむこ》側で同じ役割をするのが〈グルームズマン〉で、ダイアナの結婚式ではギルバートがつとめています。ブライズメイドを三回やると花嫁になれないという迷信もあったようです。

『アンの青春』で、ミス・ラヴェンダーの結婚式にアンたちがお米と古靴を投げる場面があり、アンの結婚式ではデイビーとドーラがお米と古靴を用意しました。お米も古靴も、幸運の象徴とされています。幸運の象徴には〈借りものと青いものを身につける〉という習慣もあり、『アンの想い出の日々（下）』では、アンが自分の結婚式に身につけた淡い青いリボンを、エヴリンの結婚式で貸す場面があります。

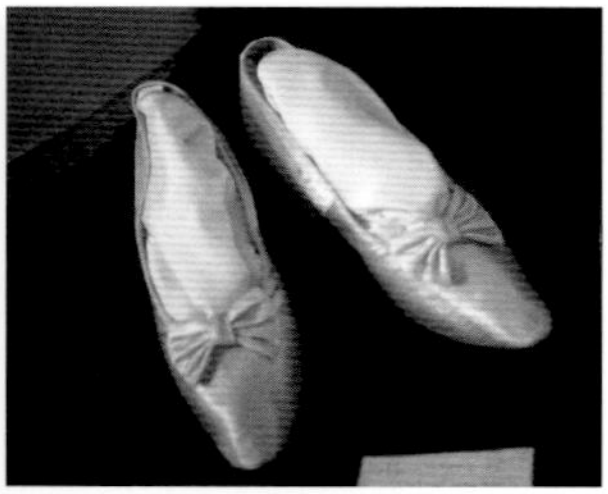

モードが自身の結婚式で着用した、白いウエディング・ドレスとチュールのヴェール、靴。首をかくすレースのハイネック、袖口にもレース。ブーケは白バラとスズランだった。『アンの想い出の日々（下）』では、ヴェールは“珍しい古風な”と描写されており、第1次世界大戦後にはヴェールをかぶるのは古い習慣だと思われていたことがわかる。
(Courtesy of L.M.Montgomery Birthplace)

ウエディング・ドレス

『赤毛のアン』で、アンは野生のプラムの花を見て、霞のようなヴェールをまとった花嫁を想像しない？ とマシューに話します。そのとおり、アンは霞のようなヴェールをかぶり、こぼれんばかりのバラのブーケを抱えた美しい花嫁になります。ドレスの色については描写されていませんが、真っ白いウエディング・ドレスを着たいと憧れたほどですから、白だったのでしょう。ダイアナも白いウエディング・ドレスとヴェールをつけて結婚しています。

純白のウエディング・ドレスとヴェールという伝統は、イギリスのヴィクトリア女王が自身の結婚式（一八四〇年）にまとったことから流行しはじめますが、アヴォンリーのような田舎の村の女性にまで浸透するのは一八八〇年代頃からです。持っているドレスの数が数着という、質素な生活をしている人々にとっては、一度しか着用しない、真っ白い高価なドレスをつくるということは大変贅沢《ぜいたく》なことでした。

ですから、新婦はウエディング・ドレスをつくるとき、その後も着られるような生地と形にし、縁飾りを少し派手にするなどの工夫をしていました。汚れが目立つ白は洗濯も大変なので避けられました。ミス・コーネリアは物語の後半で結婚することになりますが、紺色のドレスを着る、と話しています。ちなみにモードの母のウエディング・ドレスは緑色でした。

電話

シャーロットタウンに初めて電話が登場するのは、一八八四年です。最初の契約者は、鉄道の駅やローマ・カトリックの司教などたった一一台でした。しかし、数年のあいだに加入者は激増します。キャヴェンディッシュで、電話の利益について公に議論されるようになったのは一九一〇年頃からですから、田舎への普及はかなり遅れているのがここからもわかります。

物語のアヴォンリー村に電話が登場するのはこの『アンの夢の家』が初めてで、アンが二五歳の頃です。アンがきれいな村をつくる目的で組織した〈アヴォンリー村改善協会〉が存続しており、そのメンバーが提案し、実行に移したから電話が引かれたと、描写されています。便利なのはわかっているけれど、アヴォンリーには昔どおりの村でいてほしかったとアンは本音をもらしています。アンとダイアナは小学校のとき、窓に置いたロウソクの火を紙で何回遮るかで、メッセージを送り合っていました。

アンもダイアナも、便利な電話の欠点――盗み聞きされることにうんざりしています。これはパーティラインといって、一つの回線を何軒もの家が共同で使っていたことで起こりました。電話の鳴り方がそれぞれの家で違い、自分の家にかかってきたのかどうかは鳴り方で区別しました。しかし、同じ回線を使っているので、受話器をあげればほかの人のおしゃべりを聞くことができました。

当時の電話機。オペレーターを呼び出して相手につないでもらうシステムだった。電話番号は第1次世界大戦後に定着しはじめた。

ダイアナはアンと電話で話しているとき、パイ家にある時計の音が聞こえたため、パイ家の誰かが盗み聞きしていることに気づきます。盗み聞きは道徳に反するとわかってはいても、当時はまだテレビもラジオもなかったため、人々は盗み聞きが楽しくて仕方がなかったのでした。ハーモン・アンドリューズ夫人は盗み聞きをしながら料理ができるよう、電話を台所につけてほしがったと描写されており、実際そういう女性はたくさんいました。パイ家やアンドリューズ夫人のように、盗み聞きする人は〝首をつっこむ人《ラバー・ネッカー》〟と呼ばれました。聞くだけではおさまらず、勝手に話に割り込む人もおり、パーティラインにまつわるおもしろい話はたくさんあるようです。

アヴォンリーから六〇マイル（約一〇〇km）離れたグレン・セント・メアリーのアンの新居〈夢の家〉にも電話が引かれており、以降『アンの娘リラ』まで、電話をかけたり、かかってくる場面が普通に出てきます。しかし電話はパーティライン、大事な話は電話ではできません。「これ以上話せない、村中の受話器がはずされているから」と言いたくなるのも当然です。

海

グリーン・ゲイブルズのすぐそばには海がひかえており、アンの部屋の窓からも海が望めますが、アンが海で遊んだり、漁師や魚と接する場面が出てきません。アンが海と強く結びつく初めての巻が、この『アンの夢の家』です。〈夢の家〉には海のロマンスと冒険が漂っていて、それはアヴォンリーにいたときにはないものでした。アンの生活に深く入りこんでこなかった海が、ここではアンをと

19世紀の住居付きのトラカーディ灯台。ジム船長が灯台守として住むフォア・ウインズ灯台もこんな感じだっただろう。(Public Archives and Records Office of Prince Edward Island)

ラスティコにあった大規模な〈シーサイドホテル〉。『赤毛のアン』に出てくるホワイトサンズ村のモデルはラスティコだとモードは述べており、このホテルが〈ホワイトサンズ・ホテル〉のモデルだったのかもしれない。アンがホテルを訪ねるシーンはあるが、海とかかわる描写はない。(Public Archives and Records Office of Prince Edward Island)

ニューロンドン灯台を臨む。〈夢の家〉の窓から見えるジム船長の灯台の眺めはこのようなものだったかもしれない。

りまき、絶えず呼びかけてくると描写されています。

『「赤毛のアン」の挑戦』(横川寿美子著)は、人生の荒々しさをあらわす暗喩《あんゆ》として海を使っているのではないかと指摘しています。人間の力で制御できず、絶えず変化し予測できない海は、まさに人生の象徴ともいえます。荒々しい人生をあらわす海をアンから遠ざけることによって、アンの少女時代を「おちついた、定まった、一律のもの」にしておいたのではないか、という見方です。同書では動物も、海と同じ扱いをされていると述べています。

たしかに、この巻には今までとは違う、海のような不安定さや、暗く危険な香りが漂っています。アンは初めての赤ちゃんを亡くし、悲劇を知り、人生の機微《きび》を理解します。アンの真の大人への成長を、海になぞらえているととらえられるでしょう。

カタログショッピング

アンの結婚式当日は天気がよく、ダイアナはイートンズデパートに注文してもこれ以上すばらしい日は手に入らないわ、と言います。リンド夫人は、どんどん支店網をのばすイートンズデパートが気に入らず、イートンズの通信販売《メールオーダー》カタログが村の少女たちのバイブルになっていて、プリンス・エドワード島からどんどんお金が流れていくのを苦々しく感じています。ダイアナが子どもを遊ばせるのにカタログが役に立つと言うと、リンド夫人は自分はカタログのお世話にならずに一人の子どもを遊ばせてきたのだとやり返し、アンはイートンズのカタログで喧嘩しないでと笑いました。

アンの時代は、自給自足の生活ではありましたが、さまざまな発明によって合理化が進み、女性は生産者から消費者になりつつありました。新聞や雑誌にはたくさんの広告が掲載されるようになります。広告の効果は抜群で、広告を出す百貨店が増えていきました。イートンズは、トロントの国際カナダ博覧会(一八八四年)で、商品と価格を書いた三二ページのカタログを配布。これは、イートンズよりも先に開店していたシンプソンズが通信販売カタログをつくる一年前のことですから、カナダの小売店としてはかなり初期に通信販売カタログを作成したことになります。

イートンズが一八九六年に配送したカタログの数は二一万部以上。紹介者には贈り物をするという紹介制度を取り入れたことや、プリンス・エドワード島のような遠い地域に住む人々に早く商品を届けるため、支店網を広げたことも成功理由の一つです。

　物語には出てきませんが、プリンス・エドワード島のサマーサイドには、一八六七年創業のホルマンズ百貨店があり、そこも一九〇九年に通信販売を開始しています。こうした大手の戦略に対し、シャーロットタウンの商人たちは田舎の村まで行商人を派遣するなど、サービスや店の質の向上に努力しました。『赤毛のアン』で、アンはこのような行商人（アンの場合はドイツから来た怪しげなユダヤ人でしたが）から髪染めを購入しました。

保守党と自由党

　アンの時代、プリンス・エドワード島の人々の政治への関心は大変高いものでした。カナダ連邦が成立してから、国の政治は保守党と自由党の二大政党が担っており、第三の政党が出てくることはありませんでした。保守党はイギリス寄りの政策と互恵主義、自由党はイギリスから離れた新しい政策と自由主義の考えでした。


　『赤毛のアン』で、アンに政党を聞かれたマシューは保守党だと即答しています。マシューの先祖がずっと保守党だったからでしょう。宗教と同じで、先祖が支持してきた政党を守ることは重要で、これが住民同士のいがみあいのもとにもなりました。

　第1章で、リンド夫人やマリラが首相の演説を聞きに出かけたときの首相はおそらくジョン・マクドナルドだろうと書きました。彼は保守党で、連邦政府の保守党政権は一八六七〜一八七三年と、一八七八〜一八九六年まで続いていました。自由党のリンド夫人が、ことあるごとに政治が悪いと愚痴をこぼすのは、自分が支持する政党が野党の期間だったからです。

　しかし、一八年間続いた保守党政治がついに破られるときがきます。一八九六年に自由党が圧倒的勝利をおさめたのです。『アンの夢の家』でも、保守党の誤った政治に一八年泣いてきたこの国にもチャンスがめぐってきたと、自由党支持のジム船長が喜ぶ場面があります。そして、自由党が勝つまでは髭もそらないし、髪も切らないと宣言してそれを守り、仙人と化していたマーシャルは、ついに髭をそり、髪を切り、思いを寄せるミス・コーネリアと結婚でき

イートンズの1889～1890年の秋冬カタログ。女性をターゲットにした商品展開をしていた。カタログにこのようにイラストが入るのは1887年以降で、カラーページが登場するのは1915年から。家具がリストに入るのは1890年代初め頃から、農業器具がリストに入るのは1890年代中頃からである。（Toronto Public Library）

ました。ミス・コーネリアはアンやギルバートと同じ保守党で、自由党を痛快なほどに批判しますが、選挙の結果は冷静に受け止めました。

長老派とメソジスト派

プリンス・エドワード島を開拓した西洋人のほとんどはキリスト教徒で、教派は大きく〈ローマ・カトリック〉と〈プロテスタント〉に分かれます。二つの教派がまじりあうことはほとんどありませんでした。

同じプロテスタントでも、長老派、メソジスト派、バプテスト派、会衆派などの教派に分かれ、こちらもお互い相容れない部分があり、しばしば対立しました。

モードはプロテスタントの長老派のコミュニティで育ったため、アンの物語もプロテスタントの長老派中心の物語になっています。長老派は、牧師と信者から選ばれた長老が運営を行う体制をとっています。『赤毛のアン』で、アヴォンリーの長老派教会の新しい牧師候補の試験的な説教を毎週日曜日ごとに聞く場面があり、長老たちの審査を通る牧師や通らない牧師がいた、と描写されています。信者も一緒に説教を聞き、採点したようです。長老派は民主性を重視、信者の意見も大きく反映されました。

グリーン・ゲイブルズ・ハウスに飾られている〈子どもたちを祝福するキリスト〉。宗教的な絵はよく壁にかけられていた。

ミス・コーネリアは長老派で、メソジスト派を毛嫌いしており、アンとギルバートが長老派であることを喜びます。ただ、医者はメソジスト派の村人も診察しなければならないのだから、ときにはメソジスト教会に行くのもやむをえないと言います。つまり、グレン・セント・メアリー村にはメソジスト派の教会もあったことがわかります。モードが子どもの頃、小さなキャヴェンディッシュ村にも、長老派とバプテスト派の二つの教会がありました。

支持する政党が違うマーシャル・エリオットと結婚することになったとき、ミス・コーネリアは、もしマーシャルがメソジスト派だったら結婚しない、政治はこの世のものだが宗教はこの世と来世の両方のものだからときっぱり言いました。

『アンの夢の家』は、前述した保守党と自由党、そして長老派とメソジスト派と、二つの対立が村人の言葉や行動から際立っており、それが暗くなりがちなこの物語にユーモアのスパイスをきかせています。

これほど激しい敵対心を燃やしていた長老派とメソジスト派を、さらに混乱させる論議が二〇世紀になって起こります。長老派、メソジスト派、会衆派を合併して、カナダ合同《ユニオン》教会にしようというもので、一九一六年に教会総会で承認されました。第一次世界大戦後、住民の投票によって、多くの小さな教会が合併し、〈合同教会〉にな

オンタリオ州ノーヴァル村の長老派教会。モードの夫は長老派の牧師で、この教会につとめた。

Alleger, Bowlby & Co's
STAR
PARLOR ORGAN
Surpasses in tone and power any Reed Organ heretofore manufactured in this country. It has been tested by many competent judges, and gives
Universal Satisfaction.
By a skillful use of the stops, and of the patent knee swell, the music is adapted to the human voice, ranging from the softest flute-like note to a volume of sound,
UNSURPASSED BY ANY INSTRUMENT.
The proprietors have noted carefully for many years the imperfections and needs of the reed instruments, and direct their practical experience to the correction of such imperfections, and their experiments have resulted in the production of a quality of tone which assimilates so closely to the
Pipe Organ Quality
That it is difficult to distinguish between the two. This instrument has all
The Latest Improvements,
And every Organ is fully warranted. Large Oil Polish, Black Walnut Paneled Cases, that forms in addition to a splendid instrument of music,
ABEAUTIFUL PIECE OF FURNITURE!
This Organ needs only to be seen to be appreciated, and is sold at extremely
LOW PRICES
FOR CASH.
AGENTS WANTED
(Male or Female) in every county in the United States and Canada. A liberal discount made to Teachers, Ministers, Churches, Schools,

オルガンはピアノよりも安価で重量が軽く、メンテナンスにも手間がかからなかったため、1870～1910年頃に流行し、このような新聞広告も頻繁に出た。(Public Archives and Records Office of Prince Edward Island)

キャヴェンディッシュ合同教会の内部。『赤毛のアン』で、女性が牧師になれないのはなぜかとアンが聞く場面がある。女性の権利は宗教でも認められていなかった。長老派の牧師に女性が任命されるのはカナダでは1967年、アメリカでは1956年である。

教会での讃美歌演奏にオルガンは欠かせない。これはキャヴェンディッシュ合同教会にモードが寄付した自身のオルガン。モードはこの教会のオルガン奏者もつとめていた。

りました。

『虹の谷のアン』では、長老派とメソジスト派が一緒になるという噂があるというスーザンに、コーネリアは自分が死んだあとにしてほしいと述べています。しかし『アンの娘リラ』では、さすがのコーネリアも、すべてが戦争で乱れている今、もう一つそうなるものができたところで構いはしない、ドイツ人よりメソジスト派のほうがましだと思えてくると、あきらめ顔で言っています。また、戦争の敵がいるのにメソジスト派を嫌っても何にもならないと、兵士の武運を祈る会が合同で行われた際、初めてメソジスト教会に足を踏み入れました。くしくも戦争はカナダ人としての一体感を国民に持たせることになったのです。

モードは結婚後に犬を飼っていたようで、庭の犬小屋の屋根に座る、息子チェスター（右）とスチュアートの写真が残っている。鶏は放し飼い。
(L.M.Montgomery Collection, University of Guelph Library)

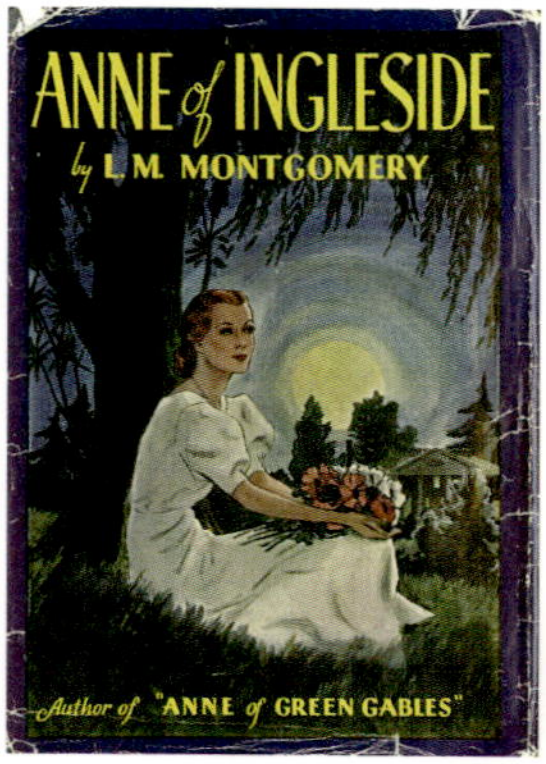

『炉辺荘のアン』
フレデリック・ストークス社、1939年。
(L.M.Montgomery Collection, University of Guelph Library)

『炉辺荘のアン』

Anne of Ingleside

― アン 34〜40歳 ―

夢の家が手狭になったため、ギルバートは大きな家を購入し、引っ越しました。アンはその家を〈炉辺荘《イングルサイド》〉と名づけます。家のまわりはうっそうとした林や果樹園などの自然に恵まれたすばらしい環境で、アンの子どもたち5人はここで、アンが昔そうだったように、元気にすくすくと成長します。

『アンの楽しい家庭』
村岡花子訳、
三笠書房（若草文庫ポケット版として出版）、
1958年。（松本正司氏提供）

物語をより深めるキーポイント

犬

『アンの夢の家』で飼いはじめた犬レックスは毒にあたって死んでしまい、それ以来犬は飼っていませんでした。しかしギルバートが子どもには犬が必要だと、小さな黄色い犬を手に入れます。ジプシーと名づけられてかわいがられますが、ある日不幸にも死んでしまい、ジェムは悲嘆にくれました。そのあとギルバートが連れてきた黒い犬は忽然《こつぜん》と姿を消してしまい、譲り受けたブルーノという犬は前の飼い主への愛情が強すぎて結局帰っていきます。

『アンの娘リラ』には、村の歴史に残るほど愛情の深い犬〈マンデー〉が登場します。マンデーは普通の犬ですが、炉辺荘の人々への愛情、とりわけジェムへの強い愛情を持っていました。ジェムが第一次世界大戦へ出征してからは、ジェムを見送った駅から離れずに（家へ連れて帰っても駅に戻ってしまう）ジェムの帰りをひたすら待ち続けました。ウォルターが戦死したとき、家族がその知らせを知る前に、マンデーは悲しい遠吠えをあげました――マンデーにはわかっ

モードの祖父母の家で飼われていた犬。猫を追いかけまわして死なせてしまうのでモードはこの犬が亡くなったあとに猫を飼いはじめた。（L.M.Montgomery Collection, University of Guelph Library）

スコットランドのエディンバラにある、グレイフライヤーズのボビー像。

印象的な登場人物

ジェームズ・ブライス
愛称ジェム。アンの長男。生まれたのは夢の家。犬が大好き。

ウォルター・ブライス
アンの次男。感受性が強く、物静かな子ども。詩が大好き。

アン&ダイアナ・ブライス
アンの双子の子ども。アンの愛称はナン。ダイアナの愛称はダイ。双子だが、顔は全然似ていない。

シャーリー・ブライス
アンの三男。スーザンのお気に入り。

リラ・ブライス
生まれたばかりの、アンの6人目の子ども。

現在モードの生家は残っていて一般公開されている。
上の写真はモードが生まれた2階奥の部屋。

ていた、と描写されています。ジェムが行方不明の知らせがきたとき、リラはマンデーが遠吠えをしないのでジェムが生きているのだと信じます。そしてマンデーは四年間ジェムを待ち、帰還したジェムと感動の再会を果たすのです。

　欧米で有名な忠犬に、スコットランドの〈グレイフライアーズのボビー〉があげられます。ボビーはエディンバラの町に実在したスカイテリア犬で、主人が亡くなった一八五八年から、自らの命をまっとうする一八七二年まで、実に一四年ものあいだ、主人の墓を離れなかったとして有名です。銅像まで建っているので、モードもボビーの話は知っていたことでしょう。

医療事情

　当時、出産も自宅で産婆《さんば》や医者を呼んで行うのが普通でした。ギルバートが医者だったので、アンは夫に我が子を取り上げてもらっています。

『アンの夢の家』で、アンは初産《ういざん》の娘ジョイスを、出産後すぐに亡くしています。『炉辺荘のアン』では、アンがシャーリーの出産時とても危険な状態になったと描写されています。当時の医療は未発達だったこともあり、出産には母子ともに危険がともないました。乳幼児の死亡率は高く、五歳になる前に亡くなった子どもの数の多さは、教会の記録を見ても明らかです。一八八九年には未殺菌の牛乳が原因で乳児を亡くした母親が子どもの健康を守る運動を起こし、牛乳の加熱殺菌を義務化するキャンペーンが大々的に広まっています。

　そうした衛生面のほかにも、治療法が確立されていなかったコレラやジフテリア、赤痢《せきり》、百日咳、急性喉頭炎《クループ》などの病気も死亡率の高さの原因でした。田舎の村には設備のそろった病院はなく、医者の数も少なく、医者の家まで遠いとなると、家庭でできる治療知識が重視されます。

　風邪、しもやけ、軽い怪我や傷、打撲《だぼく》などまで、主婦は昔から伝わるハーブを使った民間療法で乗り越えてきました。『赤毛のアン』で、アンがクループにかかったダイアナの妹を助けるシーンで活躍したイピカックは、トコンという南米産のアカネ科の低木で、根に下剤や嘔吐剤の成分が含まれており、家庭の常備薬となっていました。『アンの娘リラ』ではジムズがよくクループにかかりますが、通常のクループとは違う、重いジフテリア性クループにかかってしまったときはスーザンもリラも途方に暮れてしまいました。そこにやってきたメアリーが、人から聞いた硫黄を使った方法でジムズを救います。どんな医者でもあの人にはかなわないとメアリーが言うように、時には医者よりも的を射た手当てをする主婦もいました。

鑑賞用として育てられているヒマ（トウゴマともいう）。この種子から得られる油がヒマシ油で、スーザンがアンの子どもたちに与える場面がよく出てくる。万能の健康増進薬として19世紀中頃からカナダでよく子どもたちに与えられていたが、吐き気をもよおすほど嫌な味だった。当時の雑誌イラストには、子どもたちが嫌がる様子が描かれている。

葬儀

『赤毛のアン』の終盤、心臓が弱っていたマシューが亡くなります。マシューの棺はグリーン・ゲイブルズの客間に安置されました。棺は通常木製で黒い布で覆われますが、子どもや若者の場合は白い布（白い棺の場合もある）で覆われます。『アンの愛情』で、アンの同級生ルビー・ギリスが亡くな

シャーロットタウンにはこのような薬専門の店があったが、アヴォンリーのような田舎の村では雑貨店に薬類がおいてあった。

ったとき、ルビーは白いベルベットの棺に横たわりました。

当時は結婚式も葬式も、自宅で牧師を呼んで行われるのが普通でした。おそらくマシューのときも、牧師による弔辞や賛美歌が歌われたあと、馬が引く霊柩車で墓地へと運ばれ、埋葬されたことでしょう。『赤毛のアン』には葬儀屋は出てきませんが、『炉辺荘のアン』にはピーター・カークの葬式で、カーク夫人が頼んだ葬儀屋が出てきます。

ヴィクトリア女王が一八六一年に夫を亡くし、長いあいだ喪に服したことも影響して、喪中のルールは厳格でした。服装は男性も女性も黒を着用。夫を亡くした夫人は、二年間は黒を、三年目はグレー、紫、白を着ることになっていました。亡くなった夫の両親と子どもの服喪は一年間でした。『アンの青春』に、アンが着た淡いグリーンのモスリンの服は、マシューが亡くなってから初めて着た色ものの服、という描写があり、ここからアンが二年ほど黒い服を着ていたことがわかります。

『炉辺荘のアン』で、夫を亡くしたミッチェル夫人が、自分の棺プレートのコレクションに夫のものが加わった、とアンに話すシーンがあります。棺プレートというのは、鉛やピューター(錫《すず》の合金)、銀や真鍮《しんちゅう》などでつくられた、棺につける装飾。普通は名前と死亡日を書き込んだ鉛のプレートを、木製の棺のふたにくぎで打ち付けますが、裕福な家では高価な素材と豪華な装飾をほどこしました。産業革命のおかげで、一九世紀中頃からはさまざまな素材とデザインの棺プレートが安価で出回るようになり、葬儀には欠かせないものになっていきます。一八八〇～一九〇〇年頃には、とくに北アメリカ北東部で、埋葬する前に棺プレートをはずして形見の品として保存したり飾ったりするのが慣習となっていました。いとこが亡くなったとき、棺プレートがほしいと頼んだミッチェル夫人が、野蛮な習慣だと言われるのは、その頃にはすたれはじめていたからでしょう。

故人をしのぶ記念の品には、ほかにも、個人の髪の毛を編んで作ったブレスレットやリースもあります。アクセサリーのなかに入れ込む方法もとられました。『赤毛の

グリーン・ゲイブルズ・ハウスのマリラの部屋。アクセサリー台の上に、紫水晶のブローチが見える。

グリーン・ゲイブルズ・ハウスの客間。壁にリースが飾られている。このようなリースのなかに故人の髪の毛が入れ込まれた。

当時の黒い霊柩車。窓にカーテンがかかっていたらその霊柩車は故人を乗せているということ。カーテンのかかった霊柩車に遭遇したら、人々は自分の馬車を片側に寄せて敬意を示したという。

アン』で、マリラが母の形見としてもらい、教会に行くときにつけていく紫水晶《アメジスト》のブローチは楕円形で、中央に母の髪の毛が一房入っています。『アンの幸福』では、楓屋敷の棚の上に、プリングル一族の髪の毛を集めてつくったリースが並んでいた、と描写されています。

モードが小さい頃に遊んだ森。1890年頃。
(L.M.Montgomery Collection, University of Guelph Library)

『虹の谷のアン』
フレデリック・ストークス社、1919年。
(L.M.Montgomery Collection, University of Guelph Library)

『虹の谷のアン』

Rainbow Valley

— アン 40〜42歳 —

　ロンドンでの医学会議に参加するギルバートに同行し、その後3か月ヨーロッパ旅行をしてきたアン。炉辺荘に戻ってくると、村は新しく赴任してきたメレディス牧師一家の話題でもちきりでした。牧師の子どもたちは、虹の谷でアンの子どもたちと仲よくなり、そこに、孤児のメアリー・ヴァンスも加わって、楽しい騒動を引き起こします。

『虹の谷のアン』
村岡花子訳、新潮社、1958年。
(松本正司氏提供)

イートンズの1913年春夏カタログより。プライス家や牧師館の男の子たちはこのような服装をしていたのだろう。
（Toronto Public Library）

『虹の谷のアン』で、ウォルターが〈白い淑女〉と名前をつけたシラカバは、モード自身のものだった。写真はモードが撮影した〈白い淑女〉。
（L.M.Montgomery Collection, University of Guelph Library）

物語をより深めるキーポイント

虹の谷

この巻のタイトルにもなっている、アンの子どもたちにとって大事な遊び場所。炉辺荘の後ろにひかえるカエデの森のなかにある気持ちのいい谷間に、ウォルターが〈虹の谷〉という名前をつけました。

谷間には、きれいな水が湧き出る泉もあり、子どもたちはいつでも水が飲めるようにコップを木の下に隠してあります。谷間を流れる小川に子どもたちは石の橋をかけ、小川のほとりに赤い石を円く並べて火をたき、川で釣ったマスを焼き、大きな石と石に板をかけてテーブルにして、ごちそうを食べました。小川のほとりに生える一本のシラカバには〈白い淑女《ホワイト・レディ》〉と名づけ、枝がからみあっているカエデとトウヒの木には〈木の恋人たち〉と名づけて古いそりの鈴を下げました。

新しく越してきたメレディス牧師の四人の子どもたちは、マスの焼ける匂いにひかれて虹の谷へやってきて、アンの子どもたちと出会い、親友になります。大人の世界から隔離された、子どもの世界がいわば虹

印象的な登場人物

ジョン・メレディス
新しく赴任してきた牧師。妻に先立たれ、4人の子どもを育てている。

ジェラルド・メレディス
メレディス牧師の長男。12歳。愛称はジェリー。

フェイス・メレディス
メレディス牧師の長女。11歳。美人でおてんば。

ユナ・メレディス
メレディス牧師の二女。10歳。心優しい、おだやかな女の子。

トーマス・メレディス
メレディス牧師の次男。9歳。愛称カール。

メアリー・ヴァンス
アンと同じ孤児院から引き取られた女の子。引き取られた先でひどい扱いを受け、逃げてくる。のちにコーネリア家に引き取られる。

の谷であり、戦争を知らないアンの子どもたちの幸せな時期の象徴ともなっているのです。

牧師館

通常、牧師の住居として牧師館が教会のそばに建てられているのが普通で、教会員たちが牧師館の掃除やメンテナンスをして新しい牧師を迎えました。アヴォンリー村にも、グレン・セント・メアリー村にも、長老派教会の牧師館があります。

牧師は、村のなかで尊敬され、見本ともなるべき重要な人物でした。日曜日の礼拝をはじめ、教会がかかわる行事はたくさんあり、牧師館にも教会員がよく出入りしていました。物語のなかではせっかく塗り替え、壁紙も張り替えた牧師館が汚くてめちゃくちゃになっていると描写されています。それは、妻に先立たれたメレディス牧師が何もせず、子どもたちはやんちゃで、世話をするマーサおばさんが目も耳もおぼつかず家事が下手なためでした。

おまけに、庭が狭くて遊ぶ場所がなく、牧師の子どもともあろう者が、隣にある神聖な墓地で遊んでいる、それだけは許せないと、コーネリアは文句を言います。アンは墓地で遊んだら楽しいだろうと自分も思っていると言っていますが、これはモード自身小さい頃墓地で遊んだ経験があるからでしょう。もし楽しい墓地というものがあるとしたら、この墓地こそそうだったと、物語には描写されています。

メレディス牧師の子どもたちが日曜日に日曜学校へ行かずに大掃除をし、墓石の上で敷物を振っていたのを長老の一人に見つかり、噂が広まって村人の批判を浴びる場面があります。日曜日は教会に行く以外には何もしてはいけない安息日であり、アンの村の人々は大変厳格な信者だったこと、牧師の子どもにあるまじき行為と大さわぎになります。子どもたちが日を間違えていたのでしたが、メレディス牧師の長女は日

1920年に撮影された、モードの息子チェスターとスチュアートとその友だち。『虹の谷のアン』の、アンや牧師館の子どもたちを彷彿とさせる。
(L.M.Montgomery Collection, University of Guelph Library)

キャヴェンディッシュの牧師館。1890年頃。モード自身が撮影。
(L.M.Montgomery Collection, University of Guelph Library)

モードは牧師の夫が引退するまで牧師館に住んだ。写真は、モードが住んでいた、オンタリオ州ノーヴァル村の牧師館。電気が通っていた点が、今までの牧師館と大きく異なっていた。

冬は子どもも大人も、そりやスケートで遊んだ。そりやスケート大会も開催された。
（ヴィクトリア朝のカード、雑誌より）

曜日の礼拝のあと、説教壇に立って事情を説明し、また大さわぎを起こします。『赤毛のアン』で、リンド夫人に怒鳴ったアンがマリラに怒られたように、当時子どもは黙って静かにし大人にしたがうようしつけられ、大人にモノ申すのは大変失礼なことだったのです。

雪のなかを歩く時にはかんじき（スノーシュー）を使う。アンが冬の森のなかを歩くシーンではかんじきをはいている。ヴィクトリア朝のカードには、かんじきをはいたサンタクロースが描かれている。

第1次世界大戦中、出征する村の若者たちがアーチをくぐって行進していく。モードが撮影。アンの息子ウォルターのように、戦場へ行ったまま帰らぬ人となった若者がたくさんいた。
(L.M.Montgomery Collection, University of Guelph Library)

『アンの娘リラ』
フレデリック・ストークス社、1921年。
(L.M.Montgomery Collection, University of Guelph Library)

『アンの娘リラ』
Rilla of Ingleside
— アン 48〜53歳 —

アンの子どもたちはみな立派に成長し、末娘のリラは15歳になりました。子どもたちの将来を楽しみにするアン、そして楽しい人生を描くリラ。ところが、第1次世界大戦が起こり、平和だったプリンス・エドワード島も暗い影に覆われます。1人、また1人と村の若者たちが出征。残された者たちは悲しみをこらえ、戦争の勝利を信じて強く生きていくのです。

『アンの娘リラ』
村岡花子訳、新潮社、
初版は1959年。

残された女性たちは家を守り、節約をし、兵士のために赤十字活動にも積極的にかかわった。写真はモードが撮影した、赤十字活動をする村の女性たち。『アンの娘リラ』では、アンの提案でリラは少女赤十字団を結成している。(L.M.Montgomery Collection, University of Guelph Library)

物語をより深めるキーポイント

第一次世界大戦

一九一四年七月～一九一八年一一月、三国協商（イギリス・フランス・ロシア）と三国同盟（ドイツ・イタリア・オーストリア）の対立を背景に、ヨーロッパで起こった世界規模の大戦。同盟国（ドイツ・オーストリア・トルコ・ブルガリアなど）と、連合国（イギリス・フランス・ロシア・三国同盟を破棄したイタリア・日本・アメリカなど）が対戦しました。

『アンの娘リラ』は、第一次世界大戦の始まりから終わりまでを、カナダの一少女（アンの一五歳の末娘）の生活を中心に描かれています。モード自身がこの大戦を体験しているので、戦況描写は正確で、村の人々の言動や心境などはまさに物語という形をとってはいるものの、モードやまわりの人々そのままでしょう。ほかのアン・シリーズと違ってドキュメンタリーのように鬼《き》気《き》迫《せま》るリアルさです。のどかだったアンの少女時代と、否応《いやおう》なしに戦争に巻き込まれたリラの戦争一色の少女時代との落差に愕然とします。

イギリスがドイツに宣戦布告したニュースに沸き立つグレン村の男性たち。メアリーはそれが自分たちに何の関係があるのかと問います。イギリスはカナダの宗主国《そうしゅこく》ですから、イギリスが参戦するということはカナダも参戦するということ、つまり男性は兵士として戦場へ赴くということです。若者も大人も、クリスマスまでには終わると楽観視していましたが、膠着《こうちゃく》した戦争はついに足かけ五年にわたって続くのです。その間、アンの息子ジェム、ウォルター、シャーリーまでもが出征することになります。リラの恋人ケネスも……。

第一次世界大戦は、同盟国側の敗戦に終

印象的な登場人物

ガートルード・オリバー
リラの学校の先生で、リラと仲よし。炉辺荘に下宿している。予知夢を見る。

ジェームズ・アンダーソン
愛称ジムス。孤児になったため、リラが引き取って育てることにした赤ん坊。

ケネス・フォード
レスリーとオーエンの長男。リラの恋人になる。

わります。戦車や飛行機、毒ガスといった最新兵器が導入されたこの戦争で、カナダでは五万六〇〇〇人以上の戦死者（参戦国全体では九〇〇万人以上）を出す惨状でした。

「フランダースの野にポピーの花がそよぐ」で始まるジョン・マクレーの詩は、多くの人々の胸を打った。赤いポピーの花は追悼のシンボルとなっている。

笛ふき

『虹の谷のアン』の最後に、アンの息子ジェムがやがて兵士になること、どんな戦いよりも大きな戦いを目にすることが匂わされています。『虹の谷のアン』は第一次世界大戦中にモードが執筆した物語で、そのときすでにアンの息子たちが出征する話を書きたいと考えていたため、モードは物語の終わりに伏線《ふくせん》を張ったのでしょう。

将来直面する第一次世界大戦の不気味な影を予感する人物は、アンの二男ウォルターです。ウォルターは生まれながらの詩人で繊細な感性の持ち主、ほかの人にはわからないものを敏感に感じます。〈ハーメルンの笛吹き〉がやってくる——とウォルターはみんなに話します。前よりずっと近くまで来ている、笛吹きが笛をふけば、自分たちはついていかなくてはならないと。

ウォルターがそう子どもの頃予言したとおり、『アンの娘リラ』で、笛吹き（戦争の暗喩）がきます。ウォルターは恐ろしい、抵抗しがたいその笛の音が世界中に響き渡るまで、笛吹きは笛を吹きつづけるだろう、と話します。ウォルターは血に染まる戦場に行くのを怖がりますが、人生の美しいもののために戦うと言って勇気を奮い起こします。そしてフランドルの塹壕《ざんごう》のなかで『笛吹き The Piper』という詩を書いて新聞社へ送り、その詩は世界中に広まり、古典となるのです。カナダの一兵士・ウォルターは人々の心に深く刻まれる作品を書いて、戦場に消えていきます。『アンの娘リラ』には掲載されていないウォルターの『笛吹き』を読んでみたいという声があったことから、モードはこの詩を『アンの想い出の日々（上）』冒頭に入れました。

モードはウォルターの『笛吹き』のエピ

第1次世界大戦の終戦日11月11 日は、戦没者追悼記念日《リメンブランス・デー》。現在11月11日に最も近い日曜日に追悼行事が行われる。写真はシャーロットタウンの州議事堂前に建てられた戦士の追悼像の前にたむけられたリース。

ソードに、カナダの兵士ジョン・マクレー（一八七二～一九一八年）が書いて、全世界に広まった詩『フランダースの野で　In Flanders Fields』を反映させたようです。軍医としてフランドルの戦地に赴いたマクレーは、そこに立ついくつもの白い十字架と、咲き乱れる赤いポピーの花を見て、この詩を書きました。もう一人、第一次世界大戦に赴いて亡くなった有名な詩人がいます。マクレー同様、『兵士　The Soldier』という戦争詩を書き残した、ルーパート・ブルック（一八八七～一九一五年）です。モードの好きな詩人の一人にルーパート・ブルックがいるので、彼の詩もウォルターのエピソードに影響しているでしょう。

飛び立とうとしている監視用飛行機。プリンス・エドワード島上空を初めて飛行機が飛んだのは1912年であった。アンの三男シャーリーは飛行機が好きで、空軍に入隊して戦場へ赴いた。（Library and Archives Canada）

婦人参政権

『赤毛のアン』で、リンド夫人はアンに、女性にも参政権があるべきだと語ります。『アンの夢の家』ではギルバートがミス・コーネリアを、あなたは婦人参政権に賛成なのでしょう、とからかいます。このとき、女性には選挙権、被選挙権ともにありませんでした。『赤毛のアン』で、マリラやリンド夫人たちが首相の演説を聞きにシャーロットタウンへ出かけていくのは、政治のことを話題にするのが、一種の娯楽だったからでしょう。人々の政治への関心は熱いものでした。

　女性の参政権獲得運動は一九世紀からありましたが、実現へ向かうのは、マニトバ州が一九一六年に女性の参政権を認めてからです。各州レベルで、また、連邦政府レベルでも女性の参政権を問う選挙が行われるようになりました。連邦政府は一九一八年に、婦人参政権（選挙権と被選挙権とも）を認めています。プリンス・エドワード島州では一九二二年になって認められました。

　この巻のなかでは、連邦政府が女性の参政権を認める前年に、女性に投票を与えた戦時選挙について描かれています。それは徴兵制が論点になった選挙で、家族から兵士を送りだした二一歳以上の女性ならば、投票ができるというものでした（ミス・オリバーは戦場に行っているのが夫ではなく〝恋人〟のため、投票できないことを嘆きます）。これは実際に行われたことで、結果、徴兵制は導入されました。

夏時間《サマータイム》

　我慢強いスーザンでさえ、連邦政府が「夏時間法」を通したときにはさすがにひるみました。全能《ぜんのう》の神が決めたことに手出しをしていいのかと憤慨《ふんがい》し、炉辺荘の時計が夏時間に合わせられても、自分のお金で買った時計は〝ボーデンの時間〟ではなく〝神様の時間〟で動いてもらうのだと、頑として時間を進めませんでした。

　〝ボーデンの時間〟というのは、夏時間法が通ったときのカナダ首相ロバート・ボーデンからきています。夏季の一定期間のみ

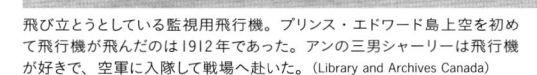

時計を進め、太陽の出ている時間帯を有効に利用する目的で一九一八年に導入されました。一九一六年にドイツとイギリスが採用したのが始まりです。

モード自身は夏時間にしたがっていましたが、子どもが寝つかないなど不便さを感じていました。多くの農民は時計を進めようとせず、訪問先がどちらの時間を採用しているか確める必要があると、モードは手紙にユーモア交じりに語っています。

モード一家と、一家が初めて購入した自動車。便利な自動車を楽しみながらも、モードは古い神々にささげられた特別な土地であるプリンス・エドワード島にだけは自動車が入り込まないでほしかったという思いも持っていた。
（L.M.Montgomery Collection, University of Guelph Library）

現在カナダではサスカチュワン州を除く全州で夏時間が採用されており、三月の第二日曜日に時計の針を一時間進め、一一月の第一日曜日に一時間戻します（毎年時計を直す日が異なる）。

自動車

カナダ初の自動車は、実はプリンス・エドワード島で生まれています。一八六六年、ジョルジュ＝アントワーヌ・ベルクール神父が〝馬なしの乗物〟を発明して運転して見せたのが、プリンス・エドワード島で、そしてカナダ初の自動車といわれています。しかし、工場で生産された自動車が普及するのは、二〇世紀になってからです。

一九〇七年まで島には七台の自動車しかありませんでしたが、最新流行の車にはみな興味を持ちました。ただ、馬が怖がったり、馬との衝突事故も多発、政府は一九〇八年に島での自動車の運転を禁止します。一九一三年には決められた車だけが運転を許可されました。このときの島の車の台数は二六台です。これが、わずか四年後の一九一七年には三〇三台に増加。その便利さが実感されたわけです。こうして一九一八年には自動車の規制は全廃されました。

アン・シリーズに自動車が登場するのはこの『アンの娘リラ』です。ギルバートが一九一七年に自動車を買って、スーザン以外の家族を乗せて初乗りを楽しみます。しかし、馬車に乗るおばあさんが、何度クラクションを鳴らしてもよけないので、ギルバートが脇の溝を通ったら砂のなかで動けなくなってしまった、というユーモアあふれる場面です。

モード自身も、一九一八年に自動車――五人乗りのシボレーを購入し〈デイジー〉と名づけました。実際に自動車に乗ってみて、モードは長距離移動にとても便利だと知ります。一九二一年にはオンタリオ州からプリンス・エドワード島までを途中宿泊しながら車で完走しました。

ただ、モードは個人的には馬車のほうが好きで、日光や月光を浴びながら馬車を乗りまわした昔を懐かしがっています。自動車にはロマンチックな雰囲気がなく、自分の恋愛時代が自動車が出現する前でよかったと喜ぶ、モードの感想はそのまま、物語のなかでアンやギルバートが語る思いと一致しています。

COLUMN 4

アンと作者モードの共通点

モードの親友アマンダ・マクニール。1885年頃撮影。アンとダイアナのように、モードもアマンダと〈物語クラブ〉を結成し、創作物語を書いて楽しんだ。(L.M.Montgomery Collection, University of Guelph Library)

モードは『赤毛のアン』を自伝小説ではないと述べていますが、モードとアンの共通点はたくさんあります。まず、アンはモードのように想像力豊かであること。気に入ったものや場所に、自分なりに名前をつけるのは、モード自身がやっていたことで、アンの〈恋人の小道〉や〈ヴィクトリア島〉、〈おばけの森〉も、ゼラニウムの花につけた〈ボニー〉も、モードが名づけたものでした。寂しさをまぎらわすため、ガラス扉に映った自分の姿を、妖精の国に住んでいる友だちだと想像し、右側の自分に〈ルーシー・グレイ〉、左側の自分に〈ケイティ・モーリス〉と名前をつけておしゃべりをしていたアンの姿は、そのままモードの姿でした。

　また、アンはモードのように本を読むのも、物語を書くのも、勉強をするのも大好きです。モードが小さかった頃は本はまだ高価で気軽に買えるものではなく、図書館もなかったため、モードは祖父母の家にあった本しか読むことができませんでした。しかし、気づいたときには本が読めていた、というモードは祖父母の家にあったわずかな本をすべて、繰り返し読みました。学校にあがって多くの本に接することができるようになり、モードはアンのように読書が大きな喜びになりました。

『赤毛のアン』の書評の一つに、アンが日曜学校で宗教詩のある2行にぞくぞくしたという部分が誇張しすぎではないかと書かれていたことについて、モードはそんなことはない、私は9歳のときに同じ部分にぞくぞくしたのだから、と述べています。

　自立したいと願い、勉学に励んで、教員免許を取得し、先生として働くところも、作家になりたいと創作を続け、雑誌社に作品を投稿して採用されるところも、大いにアンと重なります。

モードが〈ルーシー・グレイ〉と〈ケイティ・モーリス〉を生み出した、祖父母の家にあった本棚。現在〈赤毛のアン博物館〉の客間に展示してある。(撮影/ちばかおり氏)

グリーン・ゲイブルズ・ハウスのそばに広がるエゾマツの森が〈おばけの森〉。モードが小さい頃、男の子たちと遊んでいるときにつけた名前。

『こんにちはアン』上下巻。
宇佐川晶子訳。新潮文庫。

COLUMN 5

『こんにちはアン』

原題は“*Before Green Gables*”。グリーン・ゲイブルズに引き取られる前の、アンの物語です。作者はモードではありません。モードの子孫からノヴァ・スコシアでのアンの生活を書いてほしいと依頼を受けた、小説家バッジ・ウィルソンが著したもので、『赤毛のアン』出版100周年にあたる2008年に出版されました。日本では同年、『こんにちはアン』というタイトルで、新潮文庫から上下巻として出版されました。

グリーン・ゲイブルズに来る前のアンについては、ほんの少しの手がかりしかありません。両親がともに教師だったこと、アンが生後3か月のときに2人とも熱病で亡くなったこと、親戚がいなかったので掃除に来ていたトーマス夫人がアンを引き取り、その後、トーマス氏が汽車から落ちて亡くなったためハモンド夫妻に引き取られたこと、どちらの家でも小さな子どもの世話をアンがして学校に行く時間がなかったこと。ハモンド氏も亡くなって、孤児院に引き取られたこと。

ウィルソンはアンと同じノヴァ・スコシア出身であり、モードと同じダルハウジー大学に学び、カナダ勲功章を叙勲した有名な作家です。ほんの少ししかないアンの過去を手がかりに、想像をふくらませ、歴史や生活習慣を丹念に調べ、世界中にいるアンの読者の期待に応える物語を書きあげました。

この小説は2009年に日本で全39話のアニメになりました。日本アニメーションが手がけてきた世界名作劇場シリーズに「赤毛のアン」（133頁参照）が登場したのが1979年。その放映31周年を記念して「こんにちはアン」が制作されました。舞台となったノヴァ・スコシアを実際に訪れ、当時の歴史村などを訪ねて、よりリアルな映像作りに取り組んだそうです。

「こんにちは アン
〜Before Green Gables〜」
DVD全13巻
各1,800円（税抜）／各3話収録
発売・販売元バンダイビジュアル

2009年4月〜12月まで放映。アンの声は日高里采。キャラクター原案は『赤毛のアン』を手がけた近藤喜文氏の絵をベースに、彼の絵をよく理解する佐藤好春氏が担当。（バンダイビジュアル提供）

COLUMN 6

『赤毛のアン』の日本初の翻訳者・村岡花子

花子による赤毛のアンの翻訳原稿とミス・ショーから渡された原書。（写真提供／東洋英和女学院）

質のよい外国の物語を日本の子どもたちに提供していた翻訳家・村岡花子。友人であるカナダ人宣教師ミス・ショーから、1939年に渡された1冊の本が『アン・オブ・グリーン・ゲイブルズ』でした。第2次世界大戦が始まり、カナダは日本の敵国となりました。悪化する戦況を憂いミス・ショーは帰国を決意。「いつかまた平和が訪れたとき、日本の少女たちにこの本をあなたの手で紹介してほしい」。その思いに応えるため、花子はどんなことがあってもこの本を守ろうと決めたのでした。

家中の原稿用紙をかきあつめ、空襲サイレン、灯火管制の下で翻訳を続け、防空壕のなかにも持っていったといいます。戦争が終結し、暮らしが安定してきて、西洋への憧れが高まってきたとき、やっと『アン・オブ・グリーン・ゲイブルズ』に三笠書房の編集者が関心を持ってくれました。『赤毛のアン』というタイトルは、邦訳のタイトル案としてあがっていた『夢見る少女』『窓辺に倚る少女』といったなかで、花子の20歳になる娘みどりが絶賛した題です。

花子は若い人の感性に任せることにし、『赤毛のアン』に決定。1952年5月、ついに『赤毛のアン』は出版されました。そして日本の少女たちをも魅了し、花子は次々とアンの続編を訳していくのです。

村岡花子により日本で初めて翻訳出版された『赤毛のアン』。三笠書房、1952年（松本正司氏提供）

CHAPTER 3

アンの暮らしを知る——料理

アン・シリーズにはおいしそうな菓子や料理や飲み物がたくさん登場します。どんな料理だったのかをひもときながら、当時の食事事情をのぞいてみましょう。

ポンプ式になっただけでも家事が格段に楽になった。クスバート家の台所までポンプがきていたかは物語に描かれていないので不明。グリーン・ゲイブルズ・ハウスの台所には流しもポンプもない。1986年の映画「赤毛のアン」では、ポンプがついた流しで皿を洗う場面が出てくる。（撮影／ちばかおり氏）

✣厳しい環境のなかでつくられた〈おいしい料理〉

少女漫画家・川原泉は、著書『川原泉の本棚』（白泉社）のおすすめ本のところに、『赤毛のアン』を入れています。ジャンルは〈グルメ系〉。食べることが大好きな川原は、料理が出てくるアンの物語に引かれたのです。

児童文学作家・荻原規子も『赤毛のアン』の大ファンだそうです。「風景にも食べ物にも、多学年が一教室にいて、なぜかリンゴやハート型のキャンディを持ってくることが許される学校にも憧れた。マシュウがアンに贈った「ふくらんだ袖」のドレスは当然のこと、マシュウが女性の店員に言えずに買ってしまった「黒砂糖」にさえ憧れた。今考えても、すべてがファンタジーだと言っていいくらいに、まったく身近にあり得ないものごとばかりなのだが。」（『ファンタジーのDNA』理論社）とエッセイに書いています。登場する外国の料理は印象的で心に残り、いつか食べてみたいと思わせました。

おいしそうな料理をつくるアンの時代の

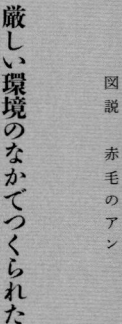

グリーン・ゲイブルズ・ハウスの台所にあるウォータールー・ストーブ。平らな部分がコンロのような役割をし、上部ふたつきの楕円形の部分がオーブンとして使えるようになっている。アイロンは平らな部分にのせ、熱して使った。奥においてある白い箱は薪箱。左：裏口から入るとすぐに台所なので、裏口が通用口としてよく使われていた。

グリーン・ゲイブルズ・ハウスの台所脇にすえつけられている天井までぴったりとおさまる大きな棚。

環境はというと、とても厳しいものでした。電気もガスも水道もない、自給自足の生活では、料理にはまず、不可欠である水を汲んでくるところから始まります。

　一八八〇年代は公衆衛生への関心が高まっており、水道の設置は切実な問題となっていました。一八八〇年代終わりには州都シャーロットタウンの一部に水道が敷かれましたが、一八八九年の統計では家屋利用は九三五件ととても少ないものでした。これは、料金が高く、富裕層しか利用することができなかったからです。

　近代化はまずシャーロットタウンから。アンが住む遠くの村まで行きわたるまでには何年もかかります。田舎の人々は、水は井戸から台所まで運び入れ、それを料理や洗濯（洗濯には貯めた雨水も使いました）、お風呂に使いました。つまり、台所で洗濯もお湯浴びもしていたのです。のちに井戸から台所までポンプを引くようになっただけでも、かなり家事は楽になりました。

　調理は、暖房を兼ねた、薪や石炭を燃やす料理ストーブで行いました。料理ストーブは台所の心臓です。一八九〇年代からガスレンジも登場していますが、アンの物語に描かれているのは旧式の薪《まき》ストーブです。

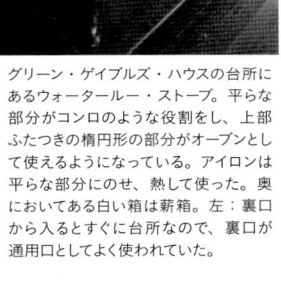

1898年頃の、モードの祖父母の家の台所。このストーブでは下部がオープンになっている。ストーブの左側では愛猫が食事をしている。(L.M.Montgomery Collection, University of Guelph Library)

森の木、あるいは流木をストーブや暖炉の薪にし、燃える火を眺めるのがアンは好きだった。

イートンズの1899～1890年秋冬のカタログ。缶詰の肉やコンデンスミルク、ドライフルーツ、ピクルス、ベーキングパウダーなどの商品が掲載されている。19世紀後半以降こうした市販品が次々と発売されたが、1900年代に入っても慣れた今までどおりのやり方を通す女性は少なくなかった。(Toronto Public Library)

19世紀の少女雑誌より、ケーキをつくろうとしている少女。アンもこのように料理をしていたのだろう。

『赤毛のアン』には、〝旧式のウォータールー・ストーブ〟と描写されています。鋳《ちゅう》鉄《てつ》製のウォータールー・ストーブは、一八六〇～七〇年代に発売され、プリンス・エドワード島を含む大西洋沿岸州でとくに人気がありました。アンの時代からは一〇～二〇年ほど昔のものなので旧式と見られています。温度計がついていないので、手を入れて温度を計りながら料理をするのは、長年の経験がものをいったことでしょう。燃やす薪の種類も大事で、硬質の木の薪は島の丸焼きができるくらいの高い温度をつくり、柔らかい木の薪は、低い温度に適しています。料理上手な主婦はその点も熟知していました。

一日三度の食事作りは現在よりはるかに時間と手間もかかっていましたから、どれほど合理的に、効率的にてきぱきとできるかは、主婦の腕のみせどころであり、マリラは得意の料理の技をアンに伝授していきます。女の子は早いうちから、必須の料理技術を母親や祖母から教え込まれるのです。しかしアンは、料理には〝想像の余地〟がぜんぜんないとこぼします。料理の途中で空想をふくらませて料理のことを忘れて失敗してしまうのです。それでもマリラの指導の甲斐あって、クイーン学院を卒業する頃には、リンド夫人も文句のつけようのないほどのお菓子をつくることができるようになりました。

台所の天井に穴を開け、料理ストーブの熱が二階にいくように工夫している家もあり、冬のあいだは料理ストーブは大変重宝しました。しかし夏は熱が部屋中に充満するので、母屋を涼しく保つため、外に〈サマーキッチン〉という夏用の調理小屋をつくっている農家もありました。モードの祖父母の家にはサマーキッチンがあり、ストーブを移動した思い出を日記に綴っています。

食べ物の保存

電気冷蔵庫がなかったアンの時代は、食べ物の保存も簡単ではありませんでした。通常、長期保存したいものは、乾燥している暗く涼しい地下室においていました。アンが貯蔵しているリンゴをとりに地下室へ降りていく描写が出てきます。グリーン・ゲイブルズの地下室への入り口は、外ではなく製乳室《デイリー・ポーチ》の床につくられており、ふたを持ち上げ、階段を降りていくしくみです。

カナダの冬は海水まで凍るほど寒さが厳しかったこともあり、人々は川や湖に数十cmにも厚く張った天然の氷を切り出して家まで運び、冷蔵保存しました。地下や、屋外につくった〈氷室《アイスハウス》〉がそれです。藁《わら》やおがくずで氷をすっぽり覆い、熱を遮断していました。夏のピクニックで、アンが大好きなアイスクリームが食べられたのは、こうして保存された氷があったおかげです。すべての家がアイスハウスを持っていたわけでないので、アイスハウスのある家が、

グリーン・ゲイブルズ・ハウスの食料貯蔵室《パントリー》。毎日使う食器類はこの部屋に保存してある。棚に〈アジアティック・フェザンツ〉柄の食器が並んでいるのが見える。食事の支度もこの部屋で行っていたので、さまざまな調理道具も備えてある。

砂糖漬け、酢漬けにして長期間食べ物を保存。野菜や果物の缶詰工場がカナダにできたのは1880 年代の後半で、それまでは家庭の主婦の仕事だった。

グリーン・ゲイブルズ・ハウスの製乳室。バターやチーズ作りを行った。掃除道具もおいてある。床の左側に、地下室へ降りていくふたがあるのがわかる。

攪乳器を回してバター作りをしている女性。1893年にオンタリオ州で撮影された。
(W.B.Bayley,Library and Archives of Canada)

ピクニックのために氷を提供していました。氷の行商人もいて、購入することもありました。

　アイスハウスよりも規模が小さく、屋内におくことができたのが〈アイスボックス〉です。電気を使わない初期の冷蔵庫といってよいでしょう。一九世紀初めにアメリカで誕生し、一九三〇年代まで使われたロングセラー商品でした。一八九〇年代からはカナダでも多くの会社がアイスボックスを製造するようになりました。

　アイスボックスは木製のキャビネットのような長方形で、内側には亜鉛や錫などが張られています。コルクやおがくずなどを詰めて断熱した中空の箱があり、そこに氷の塊を入れ、その冷気でなかに入れた食べ物を冷やすというしくみです。

　こうした保存場所の工夫のほか、調理にも保存の工夫がありました。肉は塩水につけて保存したり、スモークしたりします。寒さで鶏も卵を産まなくなる冬のためには、卵を塩や石灰水につけて保存したそうです。また、旬《しゅん》の野菜や果物を乾燥させて保存するほか、ピクルスやレリッシュという酢漬けや、砂糖漬けにもしました。アンの物語に出てくる、プラムやイチゴなどの砂糖漬

ビディファド牧師館に展示してあるアイスボックス。断熱してあるとはいえ、氷は溶けていくので、水は1日に1回は捨てる必要があり、水が抜きやすいよう蛇口つきに改良したものも出回った。上半分が氷箱で、下半分が戸棚やチェストになっている実用的なものなど、アイスボックスの流行とともに、さまざまなデザインのものがつくられた。

湖に厚く張った氷を切り出し、馬ぞりで運ぼうとしている様子。
(Public Archives and Records Office of Prince Edward Island)

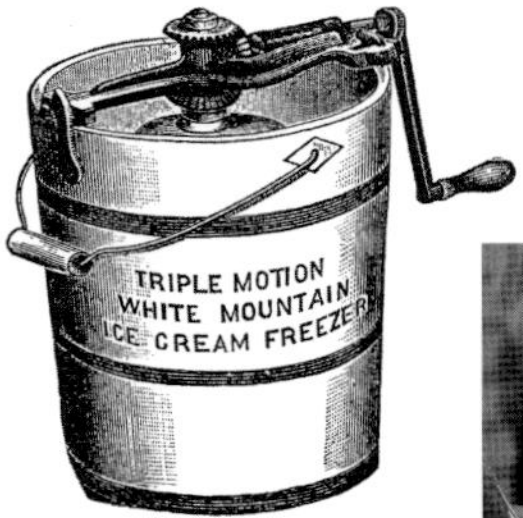

アイスクリーム製造機。材料をなかに入れ、ハンドルを根気よく回してつくる。貴重な氷が必要なアイスクリームは、特別なごちそうだった。

島の人々はアイスクリームが大好き。パイに必ずアイスクリームをのせて食べる。

けは〈プリザーブ〉といい、そうした保存食の一つです。プリザーブは果物の原型が残っているものをいい、つけあわせではなく、一品料理として扱われていたようです。果物を丸ごときれいに洗い、よく消毒した容れ物に入れて、上から甘いシロップをかけて密封します。この作業を〝缶詰にする〟という表現をしましたが、ブリキの缶は使っておらず、通常は石や陶器の壺が使われました。ガラス瓶はアンの時代に登場しはじめたものです。

日常の食事

クスバート家はスコットランド系なので、スコットランドの朝食の定番・ポリッジが出てきます。ポリッジというのは、オートミール（挽き割りオート麦）などを水やミルクでどろどろに煮たお粥《かゆ》のこと。通常、ポリッジには砂糖やシロップをかけて食べますが、ブラウンシュガーは雇い人のポリッジ用だとマリラが言っている場面から、値段の安いブラウンシュガーを雇い人用に使っていたことがうかがえます。

日々の食事は質素なもので、バターを塗ったパンや、チーズ、ジャガイモや野菜、

スーリ港の漁船。『炉辺荘のアン』には、港へ魚を買いに行ったり、漁師とアンの子どもたちが交流する場面が描かれている。（Tourism PEI）

島の特産ロブスター。ロブスター・サパー（上）は贅沢なごちそうだ。ロブスター漁が始まる5月1日、港にはロブスター・トラップ（下）が山と積まれる。『赤毛のアン』に、手伝いを雇っても一人前になるとすぐにロブスターの缶詰工場に行ってしまう、とマリラが話す場面がある。缶詰にする技術が開発されていなかった時代、干物にも塩漬けにもできないロブスターは畑の肥料にされていたが、缶詰工場で製品化まで一貫して行えるようになったことで、島は潤った。

漁をした魚を干物にしたり塩漬けにして保存することも行われていた。『虹の谷のアン』では、リラが大きな干しタラを持ったメアリーに追いかけられ、いじめられる場面がある。

砂糖漬けなど、そしてデザートというのが普通でした。アンが孤児院からやってくる日、リンド夫人は食卓に出ている砂糖漬けがクラブ・アップルだけで、ケーキも一種類しか出ていないのを見て、特別な客が来るのではないことを察します。

　また、日曜学校のピクニックに行く日にマリラが出した昼食は〝ゆで豚と野菜《グリーン》〟と描写されています。アンは悲嘆にくれる者にとって、ゆで豚と野菜はロマンチックじゃないと言って、食べることができません。このメニューは当時の日常メニューで、ゆで豚はあばら肉《リブ》を柔らかく煮たもの。添えるゆで野菜には、畑に実った旬の野菜が使われたのでしょうが、よく使われたのはビーツやターニップです。ゆで豚にはソースをかけて食べたと思われますが、ソースについては書いてありません。

　育ちざかりの子どもにつきもののおやつは、『アンの青春』で、マリラがおやつにはバターつきパンだけと決めてある、という描写があります。

✣ ピクニック

『赤毛のアン』で、アンが楽しみにしてい

1910年頃、ダイニングルームでの日常の食事風景を撮影した貴重な写真。かなり裕福な家庭であることがうかがえる。（Public Archives and Records Office of Prince Edward Island）

スコットランドの朝食には欠かせないポリッジ。オート麦はやせた土地や寒さの厳しい場所でもよく育ち、鉄分や亜鉛をはじめ、各種ビタミン、ミネラルが豊富に含まれている。パンや焼き菓子などにもよく使われる。

市販のレディ・フィンガー。〈スポンジ・フィンガーズ〉〈サヴォイ（サヴォヤルディ）・ビスケット〉〈シャンパン・ビスケット〉などの名前でも呼ばれている。

ヴィクトリア朝の種のカタログより。ビーツはカブの仲間。アンの物語には“ビーツのように顔が赤くなる”という表現が出てくる。パースニップはニンジンに似た根菜。

た日曜学校のピクニックに、マリラが持たせたのはパンやお菓子、という描写しかありませんが、『アンの青春』で、アンが友だちと行った森へのピクニックでは具体的なメニューが出てきます。アンはできるだけ春のおでかけにふさわしい昼食をと、小さなゼリー・タルト、レディ・フィンガー、ピンクと黄色のアイシングをしたドロップ・クッキー、バターカップケーキ、サンドイッチをつくる計画をたて、レモネードも持参しました。

　レディ・フィンガーは、小さくて細い形をしたスポンジ・ケーキ。スポンジの生地を長さ約一〇cmほどの細い筒状にして焼き、できあがったら粉砂糖を振りかけます。そのままで食べたり、アイスクリームを添えたり、レモンやココナッツなどの風味をつけたり。

　ドロップ・クッキーは型抜きをせず、生地をスプーンで落として焼いた簡単クッキー。アイシングの色で春らしさを出しています。バターカップケーキは、たっぷりのバターと卵黄を使い、黄色を濃く出した〈ゴールドケーキ〉の一種でしょう。ピクニックに持っていっているので、運びやすく食べやすい、カップケーキの型でつくっ

スーリで行われた野外ティー・パーティの様子。1900年頃。(Public Archives and Records Office of Prince Edward Island)

ラスティコで行われたピクニックの様子。屋根つきの場所でお茶をいただいている。(Public Archives and Records Office of Prince Edward Island)

たと思われます。アイシングにはチョコレートを使うのが当時は一般的でした。

レモネードはピクニックにはなじみの飲み物。レモン果汁に砂糖を加えて濃いシロップをつくりおきし、それを水や炭酸で割って飲むのが普通でした。アンがダイアナをお茶に招いた際に出すはずだった(でも間違ってワインを出してしまいダイアナを酔っぱらわせてしまう)ラズベリー・コーデュアルも、レモネード同様、ラズベリーと砂糖を煮つめて濃いシロップをつくっておき、水や炭酸水で割ります。酢やレモンを加えることもありました。コーデュアルというのは本来アルコール飲料をさしますが、子どもたちが飲むコーデュアルにはもちろんアルコールは入っていません。

お茶の席

アンの時代の人々はお茶や食事に招いての社交をとても大切にしていました。引っ越してきた住人は必ずお茶や食事に招いておもてなしし、歓迎の意を表します。子どもは小さい頃からおままごと遊びで大人の真似をして、接客やテーブルマナーを覚えていきます。アンもダイアナと、シラカバ

ボート遊びをする女性たち。アンも日曜学校のピクニックで、ボートに乗せてもらっている。ジェーンがスイレンをつかもうとしてボートから落ちそうになった。（Public Archives and Records Office of Prince Edward Island）

当時の夏のピクニックの様子。シートの上にサンドイッチ、ケーキやクッキーなどが並べられている。（Public Archives and Records Office of Prince Edward Island）

上：小さな子ども用にミニチュアのティーセットがたくさん販売された。
左：ままごと遊びでお茶の時間を演じる子ども。（Public Archives and Records Office of Prince Edward Island）

の若木が円になって生えている〈アイドルワイルド〉にままごとの家をつくって遊びました。

マリラはそろそろアンにもちゃんとしたお茶会をさせてもいい時期と考え、ダイアナをお茶に招いたらどうかと提案します。サクランボの砂糖漬け、フルーツケーキ、クッキーやスナップ（砂糖とモラセスを使った丸形のひと口クッキー）を出していいよと言われ、アンは大人のようにお茶を注ぎ、お砂糖はいかが、ケーキをもうひと切れいかが、などと上品に話しかけている自分を想像してうっとりします。

また、ミニー・メイを助けたアンは、バリー家の午後のお茶に呼ばれます。そのときに出されたのは、フルーツケーキ、パウンドケーキ、ドーナツ、果物の砂糖漬け、と描写されています。

こうした、イギリスで始まったアフタヌーン・ティーの習慣は、カナダでも定着していました。お茶は紅茶。カナダの紅茶の消費量は多いものでした。当然イギリス流に、ミルクを入れたミルクティーが普通です。

菓子にも、イギリスの伝統が色濃く残っています。パウンドケーキはその典型で、

モードのレシピどおりにつくったフルーツケーキ。写真はそのひと切れ。ドライフルーツがぎっしり。

教会の持ち寄りのティー・パーティで、テーブルにずらりと並んだ菓子類。

一七〇〇年代のイギリスで生まれたといわれています。その名前は、材料であるバター、砂糖、卵、小麦粉がそれぞれ一ポンド（約四五〇g）ずつだったことからきています。日持ちがするので、どの家でもつくりおきされていました。一九〇〇年代頃からはベーキングパウダーを加えるレシピ（軽く食べやすいケーキに仕上がる）も出回りました。『アンの幸福』では、ミス・サラの家に古くから伝わる秘伝のパウンドケーキが出てきます。卵を三六個も使う大変贅沢なもの

出荷で賑わうモンタギュー港を描いたポストカード。『赤毛のアン』に、マシューが収穫したジャガイモを船に積みにいく描写がある。ジャガイモは1790年頃から島内のみならず、カナダ国内、アメリカやイギリスへ輸出されるほど、島の大切な農産物となっていた。(Tourism PEI)

グリーン・ゲイブルズでは乳牛も飼っているので、牛乳を使ったクリーム煮や、クリームスープは定番メニューだっただろう。『アンの青春』で、アンが間違ってハリソン氏の牛を売ってしまう場面がある。

ジャガイモはイギリスからの移民が島にもたらしたもの。寒さに強く、やせた土地でも育つジャガイモは、移民した人々の大切な食料になった。鉄分を多く含んだ島の赤土は、ジャガイモ栽培に適している。

で、茶色の包装紙で幾重にもケーキをくるみ、さらにタオルで巻いて三日間〝寝かせる〟のがコツと描写されています。

フルーツケーキは、レーズンを中心にしたドライフルーツがぎっしりと詰まった重いパウンドケーキです。別名クリスマスケーキともいって、クリスマスに食べる伝統がありますが、お祝い事や特別な席にも欠かせません。結婚式のウエディングケーキも、外は白いクリームやアイシングなどで飾り付けますが、中身はフルーツケーキです。パウンドケーキ同様日持ちするので、クリスマスの数か月前からつくりおきする人も多く、モードの祖母も毎年秋になると大量のフルーツケーキをつくっていたそうです。

イギリス系のお菓子が多いなかで、ドーナツはアメリカで人気が出て、アメリカからカナダに広がりました。アメリカにドーナツを紹介したのは、清教徒革命でオランダに一時逃れていたイギリスの清教徒。〈オイルケーキ〉と呼ばれた、豚の脂で揚げた丸いボール型が、最初のドーナツでした。初期のドーナツは今のように真ん中に穴が空いた形ではなく、真ん中に火が通らないことが多かったので指で真ん中をへこ

『アンの夢の家』で、オーエンはスーザンがつくるストロベリー・ショートケーキほどおいしいものは食べたことがないと称賛した。ストロベリー・ショートケーキというと、島ではスコーンやビスケットのあいだにつぶしたイチゴやジャム、クリームをはさんだもの（あるいは上からクリームをかけたもの）をさす。

三角形《ターンオーバー》のパイ。『アンの幸福』で、テディが父親がつくる三角形のパイは格別だとほめる場面がある。

さまざまな果物を使ったパイも当時のおなじみのデザート。果樹園で育てているリンゴはアップル・パイの定番。島ではリンゴを煮てからパイに入れるのではなく、切ったものをそのままパイに入れて焼くというスタイル。

ませるようになったなど、さまざまな説がありますが、アンの時代には真ん中が空いたドーナツやひねった形のドーナツがつくられるようになっていました。ドーナツは『アンの愛情』で、感謝祭《サンクスギビングデー》にグリーン・ゲイブルズの食卓にのぼったごちそうの一つです。

　感謝祭は、カナダとアメリカでは日が違います。カナダでは一〇月の第二月曜日、アメリカでは一一月の第四木曜日。『アンの青春』で、アンが、感謝祭を何もかもが枯れた一一月じゃなくて、感謝せずにはいられなくなる五月にするべきだわ、と言う場面があります。これはおそらく『アンの青春』がアメリカの出版社から出版されたために、アメリカの祝日に合わせたのでしょう。

✣食事をともなうお茶の席

　アラン牧師夫妻を招いたお茶の席は、食事をともなったメニューでした。二日間にわたって準備がされ、チキンのゼリー寄せ、コールド・タン、ゼリーが二種類、ホイップクリームをのせたレモンパイ、チェリーパイ、クッキー、フルーツケーキ、プラム

アンの時代、大変多くの品種のリンゴが栽培されていた。『赤毛のアン』にはリンゴが6種類（クラブ・アップル、レッド・スィーティング・アップル、ストロベリー・アップル、ラセット・アップル、グラベンシュタイン・アップル）が登場。写真上：右からクラブ・アップル、ラセット、グラベンシュタイン。クラブ・アップルは野生のリンゴで小粒で酸味があるので砂糖漬けやジャムなどにされた。

の砂糖漬け、パウンドケーキ、レイヤーケーキ、ビスケット、そして焼きたてのパンと、ベーキングパウダービスケット（スコーン）が並びました。食べきれないほどの料理を出して、歓迎の気持ちをあらわしており、また、それだけ重要な人を招いているということもわかります。

料理が印象的なシーンとして、『アンの青春』のモーガン夫人を招いた昼食の席もあげておきましょう。この頃アンはもう一七歳ですので、ダイアナと二人で料理を一手に引き受けました。メニューは、タマネギのクリームスープ、ローストチキン、エンドウマメとインゲンマメ、ジャガイモのクリーム煮、レタス・サラダ。デザートにはホイップクリームをかけたレモンパイ、コーヒー、チーズ、レディ・フィンガー。スープからメイン料理、野菜料理、デザートと、フルコースです。

自給自足の当時、ジャガイモも野菜も、クリーム煮に使う牛乳も、自分の農園でまかなえました。ジャガイモは、丸ごと焼くベイクドポテト、スライスしてバターや牛乳を加えて焼くスキャロップドポテト、マッシュにして魚の白身と混ぜて焼くフィッシュケーキ、サラダなど、さまざまに利用

現在でもおもてなしのメインとなる鳥の丸焼き。左下はクランベリーの実を砂糖で煮たクランベリー・ソース。右は、見た目にも美しい切り分け方があることを伝えている当時のイラスト。『アンの夢の家』のクリスマスの場面で、ギルバートが四苦八苦して切り分ける様子が書かれている。

されています。

鳥の丸焼きは、人が大勢来る、クリスマスや感謝祭などの特別のときに出される料理で、一羽が五人分と決まっていました。ローストチキンに使う鶏も、グリーン・ゲイブルズで飼っているものをしめました。チキンの場合、料理するときにしめられることが多く、その新鮮さのため、ほかの肉料理よりもごちそうとされました。アンは、ずっとかわいがってきて愛着はあるけれど、モーガン夫人のためなら鶏を犠牲にするのも尊い、と言いますが、私にはできないわ、としめる作業はやっていません。

鳥を丸ごとローストするときは、肉のなかに、パンや肉、タマネギ、スパイスなどの詰めものをするのが普通です。肉をローストしているあいだに出てくる肉汁を使ってつくるのがグレイビー・ソース。クリスマスのときは、クランベリー・ソースという、クランベリーの赤い実に、砂糖と水を加えて煮詰めた甘くて赤いソースもつくられます。

切り分けたあとに、骨に残っているわずかな肉も無駄にはしません。きれいにそぎ落とし、ほぐすなどして、ゼリー寄せなどのひき肉を使う料理に利用されました。牧

プラム・プディング。クリスマスに欠かせないので〈クリスマス・プディング〉とも呼ばれる。小麦粉に牛乳、砂糖、レーズン、シナモンなどを混ぜて蒸した（焼くこともある）もの。"プラム"という名前がついているがイギリスではレーズンを使うのが普通。もともとは丸い形（右のヴィクトリア朝のカードのイラスト参照）だったが現在はさまざまな形の型がある。『アンの幸福』でアンは友人のキャサリンとこのプディングをつくっている。『アンの夢の家』では、リンド夫人が途方もなく大きなプラム・プディングをつくって夢の家を訪ねてくる。

ルバーブ。タデ科のハーブで、葉軸を調理する。日本名はショクヨウダイオウ。酸味があるので砂糖を加えてパイやシチューなどにする。『アンの青春』で、ダイアナがおばにルバーブ・ゼリーを届ける場面がある。

師夫妻を招いたときに出したチキンのゼリー寄せは、おもてなしの際によくつくられた料理の一つではありますが、肉の無駄をいっさい出さないすばらしい知恵です。

牧師夫妻を招いた際に出たレイヤーケーキは、アンが焼かせてもらいました。ケーキがちゃんとふくらむか心配するアン。ちゃんとふくらみましたが、ひどい味のケーキになっていました。アンは「きっとベーキングパウダーだわ」とあやしみますが、原因はヴァニラと間違えて痛み止めの薬を香料として入れてしまったことでした。

レイヤーケーキは、ベーキングパウダーの普及でとても人気を博したケーキです。ベーキングパウダーの特許が初めて出されたのはイギリスで、一八三七年のこと。その後一八五〇年代にはアメリカで数種類のベーキングパウダーの開発が始まり、工業化による大量生産が進められていきました。

ベーキングパウダーの普及は料理の世界を変えた大きなできごとで〝近代的な生活〟を象徴するものでもありました。それ以前、パンやケーキをふくらませるためには、ソーダと酒石英《しゅせきえい》を自分で混ぜ合わせなければなりませんでした。ベーキングパウダーというすでに配合された既製品を使う

ハロウィンの夜には死者や魔女などが出てくると信じられていたため、仮装をして身を守った。写真はモードが息子たちにつくったハロウィン衣装。（L.M.Montgomery Collection, University of Guelph Library）

秋になると大きなカボチャが店頭を飾る。パンプキン・パイやスープに使われるほか、（右）のように、10月31日のハロウィンの飾り〈カボチャ提灯　jack-o-lantern〉にも使われる。『アンの愛情』ではデイビーがカボチャ提灯でリンド夫人を驚かす場面がある。

ことで、簡単にケーキをふくらませることができるようになったのです。しかし、アンモニアやミョウバンを混ぜた、質の悪いものも出回りました。アンに限らず、当時、女性は料理に失敗するとふくらし粉のせいにしていたといいます。

新年を祝う

スコットランド系の人々にとってクリスマスは宗教的な厳粛な行事で、お祝いムードが盛りあがるのは大晦日《おおみそか》のほうだったそうです。スコットランドで大晦日は〈ホグマネイ〉といい、一二月三一日から新年にかけて夜通しで祝います。アン・シリーズには、ホグマネイという名前は出てきませんが、『アンの夢の家』に、ジム船長の灯台で古い年が去っていくのを一緒に見送り、新年を迎える場面が出てきます。

　暖炉にくべた流木の火を囲み、ジム船長はいくつも物語を語り、マーシャルはスコットランドの古いバラードを歌いました。ジム船長はフィドル（バイオリン）を取り出して陽気な曲を弾き、いてもたってもいられなくなったマーシャルは曲に合わせて踊り、レスリーもリズムに合わせてぐるぐる

上：もともとショートブレッドは太陽を象徴した大きな円形の鉄板で焼かれたが、現在はいろいろな型がある（Cha Tea紅茶教室提供）。
下：ショートブレッド。“ブレッド”という名前だが、パンではなくサクサクとしたお菓子だ。古代ケルト人が鉄板で薄く平たく焼いたもの全般をブレッドと呼んだことからその名がついたという。

薄く焼いたケーキとケーキのあいだにジャムやゼリーをはさんで重ねて層にしたのがレイヤーケーキ。当時一般的だったのは6段重ねだったとか。厚めのケーキを焼いて切る方法もあったが、浅いレイヤーケーキ型もすぐに登場している。わずかにしかふくらまない伝統的なケーキに対し、レイヤーケーキのような、ふっくらと焼き上がった、目が細かく、背の高い新しいケーキがアンの時代に流行していた。

と優雅に踊りました。

ホグマネイでは一二時とともにスコットランド民謡〈蛍の光（原題：オールド・ラング・サイン）〉を歌うのが習わしですが、アンの物語ではジム船長が時計が一二時を打つと、新年ようこそ、と言って深々と頭をさげるという、それまでとはうって変わった厳粛な雰囲気です。〈蛍の光〉の歌詞は、『アンの夢の家』の別の章で、〝古き昔のために友情あふれる一杯を飲み干そう〟とジム船長が話す場面に出てきます。

ホグマネイのとき、食べ物に困らないようにという願いを込めて食べられた伝統菓子がショートブレッドです。幸運を祈って人にあげたりする習慣もありました。『アンの青春』で、アンは生徒の一人ポールの祖母がつくるショートブレッドが好きだと言っており、ここから、ポールの祖母がスコットランド系であることがうかがえます。『アンの娘リラ』では、料理が苦手なリラがすばらしいショートブレッドやフルーツケーキをつくることができるようになったことを誇りに思う場面や、アンが戦場にいるジェムにショートブレッドをつくる場面が出てきます。

モードのレシピどおりにつくった
ニュームーン・プディング。レモ
ンの皮のほろ苦さがポイント。

COLUMN 7

南国のフルーツ

雪深い北国のプリンス・エドワード島で自給自足の生活をしていたアンの時代。オレンジやレモン、バナナといった南国のフルーツは、南の国からの船が島に回ってくるようになった1860年代頃から手に入るようになりました。とはいえ現在のように簡単に、手軽に手に入るものではなく、珍しく高価なものとして、クリスマスプレゼントとして贈られていたこともありました。

アン・シリーズには南国のフルーツを使った〈オレンジ・カスタード〉〈オレンジ・シャッフル（スフレが訛ったものと思われる）〉〈オレンジフロステッド・ケーキ〉〈レモンパイ〉〈レモンビスケット〉〈レモネード〉などが見られ、お菓子作りによく使われていたことがわかります。

モード自身はレモンが大好物だったようで、レモンパイの腕はかなりのものだったそうです。レモンの皮まで入れる〈ニュームーン・プディング〉はことあるごとにつくったお気に入りで、日記のなかにもレシピを書きとめたほど。

フルーツではありませんが、新鮮なジンジャーも当時南国（ジャマイカ）から輸入され、飲み物やお菓子の風味づけによく使われています。

エキゾチックで爽やかな南国のフルーツは、寒い島の人々の気持ちを明るくしてくれたことだろう。

COLUMN 8

料理上手なモード

“Aunt Maud' s Recipe Book”（1997年）。モードの親戚にあたるイレーン＆ケリー・クロフォードさんが保管していた、モード自身が実際に使っていたレシピ帳をまとめたもの。右はその邦訳版『赤毛のアン　レシピ・ノート』（東洋書林）。プラム・プディングやベイクド・ビーンズ、スグリのワインなどアン・シリーズに出てくる料理もたくさん掲載されている。

アンの時代、女性たちはレシピを代々受け継ぎ、大事に保管。食料事情や工夫によっても変えていきます。友人や村の人々とお気に入りのレシピを互いに交換もしました。モードはおいしいものが大好きで、もし作家でなかったらすばらしい料理人になっていただろうと自負するほどの料理上手。モードが使っていたレシピ帳は本としてまとめられ出版されています。そのなかには、人からもらったレシピもたくさん含まれています。

カナダで出版された当時のレシピ本の特徴として〈モック・チェリーパイ〉〈モック・ミンスパイ〉〈モック・アップルパイ〉〈モック・チキン〉といった、〈モック～〉というレシピがかなり出てくることがあげられます。“モック”はまがいものという意味で、チェリーを使わずにチェリーパイをつくるレシピです。自給自足だったアンの時代、その材料が手に入らないとき、あるいは節約として、ほかの材料を使ってその料理を再現する知恵が編み出されたのでした。

左：本に掲載されているモードのレシピどおりにつくった〈モック・チェリーパイ〉。モードの息子スチュアートの生涯変わらぬ好物だった。クランベリーとレーズンが、チェリーの代わりを果たしている。
右：同じく、モードのレシピの一つ〈サーモンローフ〉。

グリーン・ゲイブルズ・ハウスのダイニングに飾ってある茶器は、フランスのアビランド社の〈モス・ローズ（細い金縁付）〉。アビランドの茶器は19世紀にカナダやアメリカで大流行した。（撮影／ちばかおり氏）

間の硬度を持ち、地肌は白いが磁器のような透明性はない）は、日常使いされました。イギリスのスタッフォードシャーの窯が創りはじめたとされ、多くの窯がこの柄の食器をつくりました（現在も生産）。1880年頃にはウィロー柄をぬいてトップの人気だったそうです。

『アンの幸福』には、アンが訪ねたミス・ミネルヴァ・トムギャロン邸のダイニングルームのテーブルに、銀製のナイフとフォーク、クリスタル、そして古いクラウン・ダービーが美しく並んでいるという描写があります。ダービー社は1750年に創業したイギリスの窯元。その品質が認められ、1775年に国王ジョージ三世から商標に〈クラウン〉の使用を認められ「クラウン・ダービー社」となります。さらに1890年にはヴィクトリア女王によって〈ロイヤル〉の称号を授けられ、「ロイヤル・クラウン・ダービー社」を名乗りました。二つの称号を持つ窯元は珍しく、最高の栄誉とされています。アンの物語には「クラウン・ダービー」とあるので、ロイヤルを授かる前の食器と思われます。由緒あるトムギャロン邸にふさわしい食器としてあえて名前を出して描いたのでしょう。

グリーン・ゲイブルズ・ハウスの台所のテーブルの上においてあるカップ＆ソーサーは〈アジアティック・フェザンツ〉。

COLUMN 9

印象的な食器・茶器

第2章で紹介した〈ブルー・ウィロー〉の食器のほかにも、アンの物語には印象的な食器が出てきます。

『赤毛のアン』で、アンはダイアナをお茶に招くとき、〈バラのつぼみ模様の茶器〉を使いたいと申し出ますが、お客様用に使う特別の茶器だからだめ、茶色の古い茶器を使うようにと、マリラから厳しくさとされます。

当時、普段使いの茶器は安いものでも、お客様用の茶器は高価なものをそろえていました。マリラが大事にしていたバラのつぼみの茶器のメーカーや柄はわかりません。マシューたちの母が本国イギリスから持ってきたものか、カナダに定住したあとに購入したのか……。柄のほかに、ティーポットや砂糖容れの、ふたの取手のところがつぼみ模様の茶器も考えられます。いずれにせよ、バラの“つぼみ”と明記されているので、つぼみが特徴的な茶器だったのでしょう。アンは本当にこの茶器が気に入っており、その後のアン・シリーズにもたびたび登場します。

アンがバラのつぼみの茶器の代わりに使うように言われた、普段使いの茶色い茶器はというと、グリーン・ゲイブルズ・ハウスのパントリーや台所に飾ってあるものは、〈アジアティック・フェザンツ〉です。当時圧倒的な人気を博していたウィロー柄を意識した中国風のデザインを銅版転写し、磁器よりも安価に提供できた、厚手の硬質陶器（磁器と陶器の中

1840年代のクラウン・ダービー社のカップ＆ソーサー。（Cha Tea紅茶教室提供）

19世紀後半～20世紀初頭にかけて人気を博した、フランスのトレスマン＆ヴォーグ社のカップ＆ソーサー。バラのつぼみが描かれている。（Cha Tea紅茶教室提供）

マリラがつくった赤スグリのワインは
この実からつくられる。

COLUMN 10

禁酒運動

『赤毛のアン』で、アンはお茶を用意するあいだ、ダイアナにラズベリー・コーデュアルを出したつもりが、間違ってマリラがつくったスグリのワインを出してしまいます。ダイアナを酔っぱらわせたアンに、ダイアナの母は激怒し、交際を禁じました。マリラ自らが謝りに行っても、許してはくれません。

これには当時の禁酒運動が関係しています。人柄を変え、暴力事件の原因になる酒は禁止したほうがよいという、禁酒法の実施が1878年くらいからさかんに取り沙汰されるようになっていたのです。島内でいち早く禁酒法が郡《カウンティー》の条例に定められた年が1900年、1906年には島全体で禁酒法が実施されました。アンのこの事件はおそらく条例制定前のことと思われますが、ちまたで大きな話題になっていた時期だっただけに、ダイアナの母も敏感になっていたのでしょう。アンの物語で、接待の席にお酒が出てこないのは、禁酒運動という背景もあったわけです。

自分の酒作りをよく思わない人たちに格好のネタを提供してしまった、牧師さんが賛成していないとわかってから3年余りつくっていないのだけど、とマリラが言ったように、禁酒法はつくることまでは禁止していませんでした。また、マリラは薬としてつくりおきしていただけなので、アンだけでなく、マリラにとっても頭を痛めるできごとになったわけです。

観光用に作られた、アンのイラスト入りラズベリー・コーデュアル。
右：グリーン・ゲイブルズ・ハウスの台所におかれている、瓶に入ったラズベリー・コーデュアル。

COLUMN 11

ジェネラル・ストア

オーウェル・コーナー歴史村にあるジェネラル・ストア。1864年に建てられたもの。長いカウンターが印象的。

アンの時代、砂糖や塩、南国のスパイスといった、自分の農園で生産できないものは、雑貨店《ジェネラル・ストア》で購入しました。質素倹約が美徳とされていたため、雑貨店で買うものをどれだけ減らせるかが、主婦の腕の見せどころでした。自分の農園で採れたものを買い取ってもらったり、物々交換をすることもありました。交流の場、情報収集の場であったジェネラル・ストアにはいつも人が絶えません。

食べ物から薬、布地、帽子や靴、本、農耕具、おもちゃなど、プリンス・エドワード島内のみならず、海外からのさまざまな商品が並び、ほしいものが店にない場合は注文をして取り寄せてもらいました。買った生地をすぐに仕立てられるよう針子を雇ったり、郵便局を併設するジェネラル・ストアもありました。

アンのアヴォンリー村にはジェネラル・ストアはなく、カーモディ村まで行っています。クスバート家行きつけのお店はウィリアム・ブレアの店。しかしマシューはアンのドレスを買うとき、サミュエル・ローソンの店に行っています。

結婚してアンが暮らしはじめた村グレン・セント・メアリーのジェネラル・ストアは、カーター・フラッグの店で、『炉辺荘のアン』でジェムがアンへの誕生日プレゼントにする真珠のビーズのネックレスを買ったのも、メアリー・マリアおばさんのパーティのアイスクリームを注文したのも、フラッグの店でした。

シャーロットタウンのような大きな町では、服屋、靴屋、薬屋など、商品別の専門店がありましたが、アヴォンリーのような小さな村ではジェネラル・ストアがすべてを兼ねたショッピングストアだったのです。

シャーロットタウンの通りに専門店が軒を連ねる。わざわざシャーロットタウンまで買い物に行く価値は十分あった。(Public Archives and Records Office of Prince Edward Island)

アルバートンのジェネラル・ストア〈マイリックス〉。(Public Archives and Records Office of Prince Edward Island)

CHAPTER 4

ジェネラル・ストアの棚に並ぶさまざまな生地。産業革命や合成染料の登場により、さまざまな色やデザインの生地が安価で買えるようになった。（撮影／ちばかおり氏）

14歳の頃のモードのポートレート。撮影するということで、一番よい服を着ていると思われる。
(L.M.Montgomery Collection, University of Guelph Library)

セーラー服を着た、アンの時代の小学生。当時セーラー服は子ども服として人気があった。(Public Archives and Records Office of Prince Edward Island)

アンの暮らしを知る ——手仕事

アンの時代の女性は、洋服作りから、パッチワークキルトやレース編みまで、自分の手で行っていました。

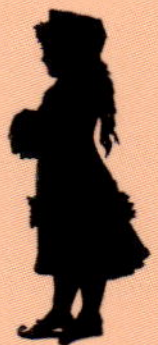

✣ほしかったパフスリーブのドレス

自給自足だったアンの時代、料理はもちろん、洋服も靴下も自分たちの手でつくらなければなりませんでした。農場で生産されるウールや亜麻《リネン》は開拓時代から使われていた生地で、アンの時代は木綿や絹といったさまざまな種類の生地が雑貨店や行商人から購入できるようになっていました。自分でつくるのが基本でしたが、針子に頼んでつくってもらうこともありました。古くなった洋服は子ども用に、あるいはキルトやぞうきん用にと、再利用、再々利用されて、ぼろぼろになるまで大切に使われたのです。

田舎の村であっても、女性雑誌などから最新流行の洋服の情報はいきわたっていました。アンの物語にも、フラウンス（フリルより大きいひだ飾り）や襟なしのドレスといった、そのとき流行っているデザインがところどころに登場しています。しかし、現在のように流行に合わせて頻繁に洋服をつくるという贅沢なことはできませんでした。通常、女性も少女も、持っている洋服は、一〜二着のよそいきの服（教会や特別な行事の

グリーン・ゲイブルズ・ハウスのアンの部屋。ベッドに学校用の服と靴下がおかれている。
左：マシューがアンへプレゼントしたパフスリーブのドレス。(Courtesy of Parks Canada)

アンの時代の寝巻と、よそいきの服。普段着はぼろぼろになるまで有効活用したため、現存している例は少ない。（撮影／ちばかおり氏）

1900年代初期の雑誌『デリニエーター』より。田舎であっても、このようなファッションプレートから、流行を知ることができた。

1895年の女性雑誌のファッションプレートより。パフスリーブの流行がわかる。

とき用）、やはり一～二着の〝二番目によい〟服（主に訪問用）、そして数着の普段着（ドレスまたはブラウスとスカート）でした。

マリラは引き取ったアンのために、服を三着、自分で仕立てています。二着は普段着に、もう一着は教会用です。三着とも同じ形で、体にぴったりとしたデザインで飾り気はなにもありません。当時はこうしたシンプルな服に、飾り襟をつけるなどして変化をつけていました。アンは流行のパフスリーブのドレスを着たかったのですが、生地をたくさん使ううえ、流行が去ったら着れなくなるのでマリラはつくろうとしません。しかしアンの友だちはパフスリーブのドレスを着ています。それに気づいたマシューがクリスマスにパフスリーブのドレ

イートンズの1913年春夏カタログより。20世紀に入ってもさまざまなデザインのエプロンが出回っていたのがわかる。(Toronto Public Library)

アイロンがけをするマーガレット・ハイド夫人。手を守るためアイロンのハンドルに布を巻いている。1893年にオタワで撮影。(Library and Archives Canada)

洗濯は木製のたらいや桶を使って行った。一度に大量に洗えないため、布の種類や汚れ具合によって洗濯ものをいくつかに分け、汚れのひどいものは、石けんや灰汁などにつけておいた。
初期の洗濯機は木製で手動式。ハンドルを手で回すことでなかのかき混ぜ棒が動いて洗濯物の汚れを落とすという簡単なしくみ。お湯を入れるのも抜くのも手で行う必要があり、ハンドルを延々と回さなければならなかったが、手で洗うよりは便利だと人気があった。1週間分の洗濯物を洗った洗濯の日の翌日は、乾いた衣類のアイロンがけの日であった。

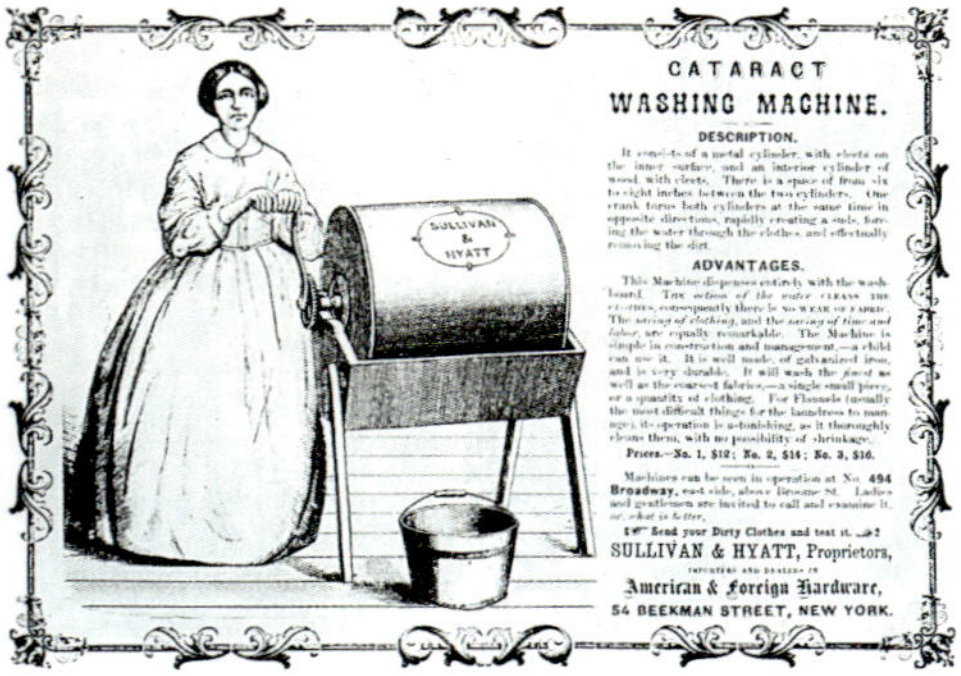

スをアンにプレゼントするのです。アンは流行が去っていなくてよかったと喜びました。

水道が引かれていなかったアンの時代は、洗濯も重労働で毎日はできず、そのため数少ない洋服を汚さないようにエプロンをしました。仕事のときにつける実用的なエプロンと、出かけるときなどにつける装飾用のエプロンと二種類あって、装飾用のエプロンにはフリルや、クロシェ編みのレースのふち飾りなどがほどこされました。白いエプロンが圧倒的に多く、ちょっとした装飾を加えて変化をつけ、おしゃれを楽しみました。

型紙とミシンの発明

アンの時代、洋服作りに革命をもたらしたのが、型紙と、ミシンの発明です。型紙が登場する一九世紀中頃までは、古いドレスをほどいて分解して型として使っていました。初期に雑誌に掲載された型紙は、実物大ではなく、形を描いただけの縮小版で、原寸大の型紙はメールオーダーで注文したそうです。原寸大の型紙が雑誌の付録になるのは、一八〇〇年代後半のミシンの普及

グリーン・ゲイブルズ・ハウスの裁縫室。ホワイト・ソーイングマシーン社のミシンがおかれている。当時としては珍しくシリアル番号がついている。このミシンは1881～1900年に製造されたもの。アン・シリーズにはマリラやアンがミシンを使う描写はないが、どこかで購入はしていただろう。

シンガー社のミシン。1851年に縦縫式ミシンの特許を取ったシンガー社は、分割払い販売方式を採用し、爆発的な売れ行きをみせた。1889年には世界初の電動式ミシンを発売している。（撮影／ちばかおり氏）

このようなミシンの広告が、当時の新聞や雑誌に数多く掲載された。『赤毛のアン』に、ダイアナがミシン会社の人からもらった絵をアンにあげるという場面がある。ミシンの販売員が販促物としてくれたものだろう。バリー家でミシンを買ったか、買おうとしていることがうかがえる。

と重なっています。手に入れた型紙は人々のあいだで貸し借りされ、大事に使われました。『赤毛のアン』には、マリラがダイアナのエプロンの型紙を借りてくるようアンに言いつける場面があります。

当時活躍し、現在も続いている数少ないミシン会社に、シンガー社、ホワイト・ソーイングマシーン社があります。後者は日本ではなじみがありませんが、シンガー社に次ぐアメリカの大手ミシン会社で、モデルチェンジを頻繁にしない、質のよいミシンをつくることで知られていました。

“Quilts of Prince Edward Island” によると、一八七一年にプリンス・エドワード島にあったミシンの数は六四四台。ピアノ、メロディオン、オルガンを合わせた数よりも多かったそうです。ミシンは、女性たちの家庭での針仕事を楽にしただけではありません。つくることのできる数も格段に増えたため、家でつくった衣服やブランケットを雑貨店に売って収入を得る余裕まで出てきたのです。こうして針子という職業につく女性が増えていきます。一八八一年には島に一〇七九人のドレスメーカーとテイラーがいたそうです。『赤毛のアン』で、クイーン学院へ進むアンのためにマリラが新調

したイブニング・ドレスは、生地をわざわざ町で選んできて、仕立ては腕のいい針子のエミリー・ギリスに頼んでいます。趣味も腕もいいとマリラが絶賛するエミリーは、きっとミシンを駆使してドレスを仕上げたのではないでしょうか。

❖パッチワークキルト

料理同様、マリラはアンに裁縫も教え込みますが、やはり、アンは裁縫も苦手です。とくにパッチワークは縫い終わってもまた次のが待っていて、いつまでたっても進んでいる気がしない、〝想像の余地〟がないので好きではないともらしました。好きではなくても生活していくうえで必要です。マリラは根気よくアンにパッチワークをさせ、アンが興奮しているときにはとくに気持ちをしずめるためにいつもより多く行わせました。

パッチワークというのは、さまざまな布のきれはしを縫い合わせて、キルトやクッションカバーなどをつくる技法のことです。正方形や長方形、ひし形などに大きさをそろえて切ったはぎれをつなげて模様をつくりだします。ばらばらの布のきれはしが、地道で長い時間の作業の末に、色や柄の組み合わせで美しいものに変身します。アンは美しいものが大好きで、想像力が豊かですから、パッチワークの模様をつくりだすことに喜びを感じるはずなのですが、そうではないところが興味深いところ。

昔から伝わる伝統的なパッチワークの模様はさまざまあり、それぞれ名前がついています。新しいパターンも次々と生み出されました。

『アンの愛情』で、リンド夫人がつくった〈チューリップ模様〉のパッチワークキルトの掛け布団を、アンが貸してもらう場面があります。友だちとパティの家に住むこ

手のあいたときに、パッチワークに使う図形を切って、バスケットや入れ物に入れておく。たまったら、つなぎあわせてクッションやベッドカバーに仕立てていた。こうした場所をとらない手仕事は冬、暖炉の前であたたまりながら行える。

とになったアンにリンド夫人が渡したものですが、これがパティの家の隣に住むお金持ちの目にとまり、ほしいと言われます。リンド夫人はうれしくなって、似た掛け布団を譲りました。

アンの時代によくつくられていたのは〈ログキャビン〉（左下）と、赤と白の図形の組み合わせ。上はグリーン・ゲイブルズ・ハウスのマシューの部屋。ベッドカバーは赤と白のパッチワークキルト。

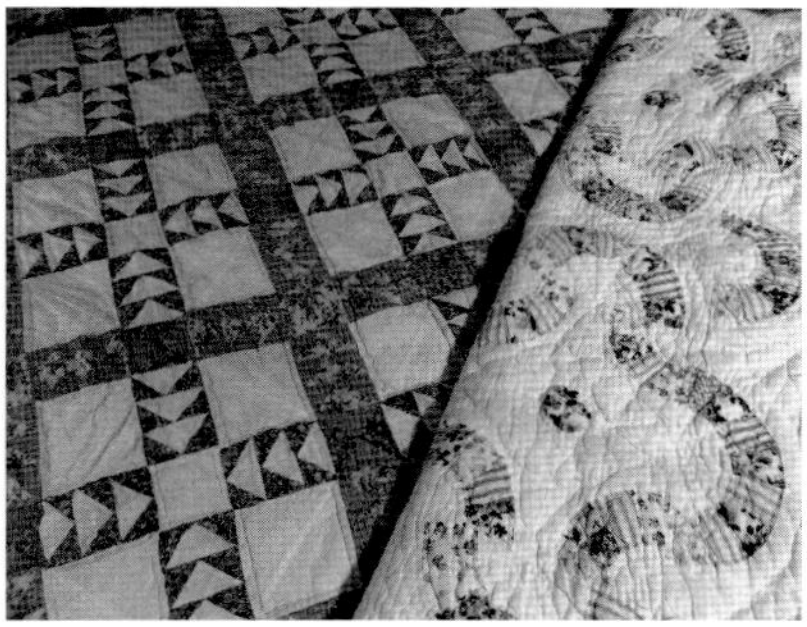

左が〈野生のガチョウ模様〉のバージョンと思われる。鳥は通常三角形で表現され、並べ方や大きさの違いで〈飛ぶ鳥〉〈池のガチョウ〉〈飛ぶツバメ〉などと名づけられる。

『アンの幸福』で、アンが下宿した柳風荘の、アンの部屋のベッドには、〈野生のガチョウ模様〉のキルトがかけてあったと描写されています。おそらく三角形をつなげていくシンプルな柄だと思われますが、ガチョウが群れをなして飛んでいる感じに似ているところからその名前がついたようです。

また、小さなエリザベスは、グリーン・ゲイブルズを訪れたとき、リンド夫人がつくる、新しい〈ダブル・アイリッシュ・チェーン模様〉のキルトの小切れを切るのを手伝いました。ダブル・アイリッシュ・チェーンは、正方形を、斜めに、規則正しく並べて鎖のような模様をつくりだします。リンド夫人が布切れ五〇〇〇枚を使ったパッチワークキルトの掛け布団をつくり、みんなから賛辞を受けるシーンもあり、キルトの名人としてのリンド夫人はアン・シリーズにたびたび登場します。

パッチワークキルトの〝キルト〟というのは、パッチワークでつなげた布と、裏布のあいだに中綿をつめて、刺し子にして保温性を高めたものをさし、だいたいが掛け布団として仕上げられます。パッチワークが仕上がったあと、綿をはさんで刺し子にするキルティング作業があり、この作業にも大変時間がかかります。そうしたこともあって、できあがったものは大切に使われ、何世代にもわたって受け継がれるのが普通です。

モードが10代の頃につくったクレイジーキルト。モード自身が着たり使った洋服や寝具の布地を使っているため、昔の想い出が詰まっているといえる。
(L.M.Montgomery Collection, University of Guelph Library)

〈アイリッシュ・チェーン模様〉。中心の鎖が一本のときは“シングル”、中心とその外側で二重の鎖になると“ダブル”、三重の鎖になると“トリプル”が名前の頭につく。鎖は、開拓時代の、苦難や試練の象徴といわれる。

クレイジーキルト。行きすぎるほどの装飾をほどこした当時のクレイジーキルトは〈ヴィクトリアン・クレイジーキルト〉とも呼ばれる。

〈扇模様〉の一バージョン。『アンの幸福』で、楓屋敷の客用寝室のベッドに小さな扇模様のキルトがかけてあった、という描写がある。当時、東洋的なものが欧米で流行していた。

✣クレイジーキルト

それまでの伝統的なキルトではない、新しいデザインとしてカナダやアメリカで一九世紀後半に流行したのが〈クレイジーキルト〉です。『アンの幸福』で、アンはトムギャロンの大邸宅に招かれ、一晩泊まることになりました。アンは、クレイジーキルトの掛け布団がかかっているベッドに案内されましたが、そのキルトをつくった悲劇の死を遂げた女性のことを考えると眠るどころではありません。このキルトと同じように、自分まで気が違《クレイジー》ってしまうのではないかとアンは心配します。

統一した模様をつなげず、ベルベットやシルク、サテンといった、綿以外の高価な布地を、大きさも、柄や色合わせも気にせず、自由自在に縫い合わせていったものがクレイジーキルト。何の決まりも制限もありません。美しい刺繍ステッチをほどこし、ボタンやレース、リボンといった小さな装飾をつけたり、つくった年号を入れることもありました。当時このような自由奔放なキルトは斬新すぎて、〝クレイジー〟キルトと呼ばれたのでしょう。クレイジーキル

グリーン・ゲイブルズ・ハウスの客用寝室のベッドにかけてあるチューリップ模様のキルト。

クレイジーキルトのベッドカバー。団体の名前や、参加した女性たちの名前が刺繍されているところから、キルティング・ビーでつくられたものだろう。

キルト台でキルトをつくる女性。女性たちは、自宅にある生地をお互いに交換したり、雑誌で売買したりしてデザイン性の高いキルト作りをめざした。

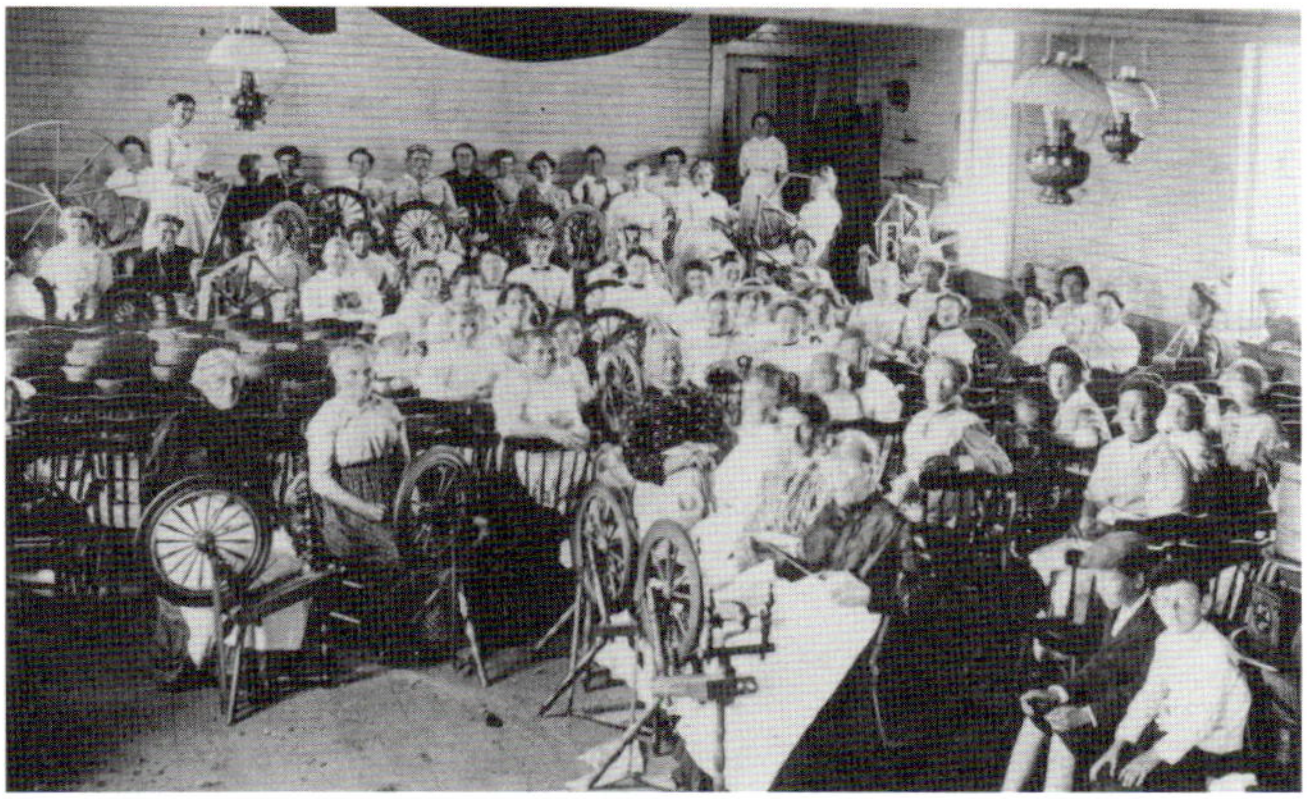

マレー・ハーバーの公民館で行われた糸紡ぎパーティ。このような集まりも行われていた。(Public Archives and Records Office of Prince Edward Island)

トは装飾用としてつくられることが多かったため、普通は中綿は入れず、裏布をつけて綴じ合わせて飾りました。

✣キルティング・ビー

パッチワークキルトの掛け布団は、制作に時間がかかるため、大勢の人が集まって一気に仕上げることもありました。それが、〈キルティング・ビー〉といわれる集まりで、おしゃべりしながらの作業が、蜂《ビー》がぶんぶんいうのに似て騒がしいので、その名前がついたとされます。教会や婦人会などが、結婚プレゼントや慰問用のパッチワークキルトを仕上げるときなどに、集まっていたようです。

『炉辺荘のアン』には、炉辺荘で婦人会のキルティング・ビーが開かれることになり、アンとスーザンがお料理作りに奔走する場面が出てきます。仕上がったキルトを台からはずし、よく振って広げて、みんなで感心しました。「どんな人がこれをかけて寝るんでしょうね」と参加者が話し合っているので、できあがったキルトは慰問用か、活動資金作りのために販売するのでしょう。

❖ キルトを編む

『赤毛のアン』の冒頭で、リンド夫人は家事をきちんとこなし、地域活動にも積極的にかかわり、さらに窓際に座ってベッドカバーを編む余裕があったと、描写されています。〝編む〟という表現から、鉤針《かぎばり》や棒《ぼう》針《ばり》で編んだベッドカバーであることがわかります。これは〈コットンワープ・キルト〉と呼ばれます。手織り機用にとつくられた、コットンワープという柔らかい糸が一九世紀初めに発売され、それがよく編み物に使われました。このコットンワープの糸を使って編んだベッドカバーも、まぎらわしいことに〝キルト〟と呼ばれたのです。リンド夫人は、コットンワープで編んだキルト（ベッドカバー）と、パッチワークキルトの掛け布団の、両方をつくっているのです。

　リンド夫人が編んでいるベッドカバーの柄は『アンの愛情』に登場します。リンド夫人は、サイラス・スローン夫人が持っている新しい〈リンゴの葉模様〉のコットンワープのキルトをつくろうと思っている、と話しています。『アンの夢の家』で、リンド夫人はアンの結婚祝いにタバコ縞と、リンゴの葉模様のコットンワープのベッドカバーを贈りました。『炉辺荘のアン』で、グリーン・ゲイブルズに帰ったアンは、ベッドにリンド夫人が編んだリンゴの葉模様のベッドカバーがかけてあるのを見つけます。自分の家にも、グリーン・ゲイブルズにも、リンゴの葉模様のベッドカバーがかけられているというわけです。

モードが撮影した、リースク夫人宅で行われたキルティング・ビーの様子。1917年頃。（L.M.Montgomery Collection, University of Guelph Library）

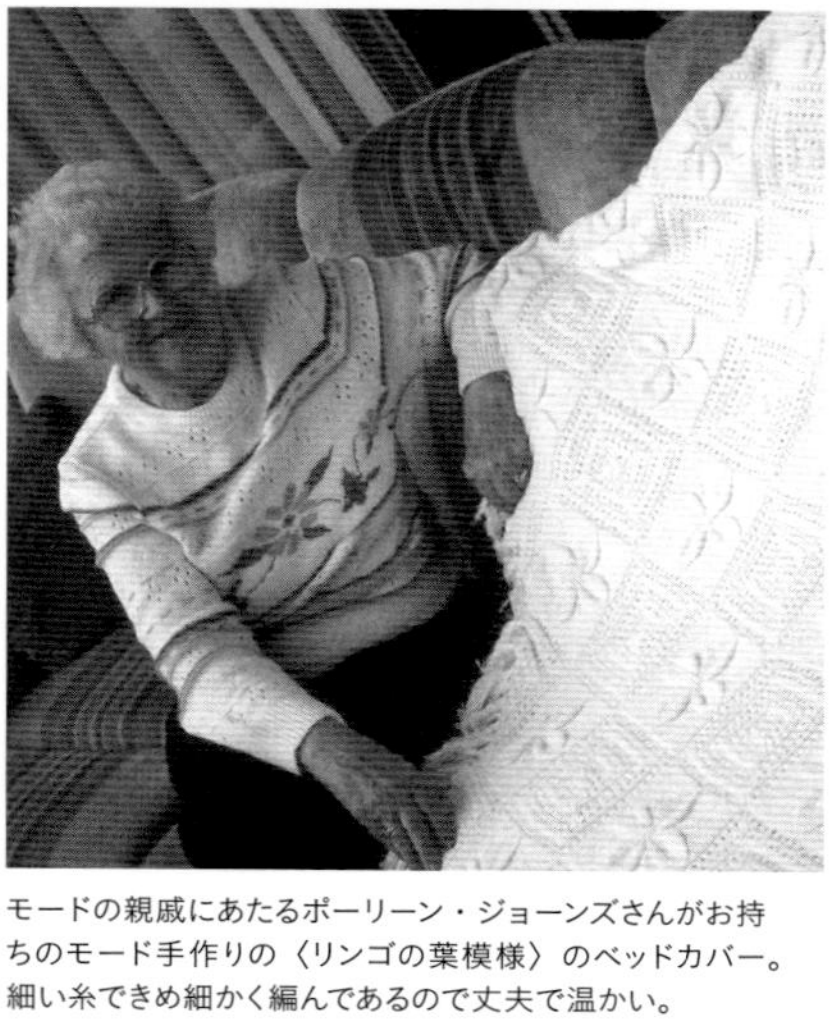

モードの親戚にあたるポーリーン・ジョーンズさんがお持ちのモード手作りの〈リンゴの葉模様〉のベッドカバー。細い糸できめ細かく編んであるので丈夫で温かい。

❖レース編み

レースとは、糸をよりあわせたり、組み合わせたりしてつくる透かし模様のこと。手作りレースと、マシンレースに大別され、手作りレースは針を使ってつくるニードルレースと、ボビンを使ってつくるボビンレース、刺繍レースに分けられます。それぞれ、パターンにも流行があり、パターン集の本も出回りました。

アンの友人ソフィア・スローンは、エプロンの縁飾りにぴったりの、すばらしいレース編みを教えてあげると、アンに言います。また、ジョシー・パイは品評会に出したレース編みで一等賞をとりました。『炉辺荘のアン』では、お手伝いのスーザンはアンがつくった新しいレースのテーブルかけを婦人会のキルトの集まりに使おうと言います。あんなすばらしいテーブルかけは村にはないので、センセーションを巻き起こすに違いないと意気込みました。そういうスーザンも、オリジナルのクロッシェ・レースを品評会に出し、一等賞を取ったほどの腕前です。

一八九一年にシャーロットタウンで開かれた州の品評会では、「ウール&リネン製品（手作り）」という部門があり、二六もの細かいカテゴリーに分かれていました。この年加わった新しいカテゴリーが「婦人手芸・刺繍・その他」で、前述した大人の女性のキルトはこのなかに含まれていました。二六のうち六つのカテゴリーは「一三歳未満の子どもたち」限定で、ジョシー・パイが賞をとったレース編みは「レース編み」のカテゴリーに入りました。こうした細かいカテゴリー分けを見るだけでも、当時どれほど多くの女性が手芸にいそしんでいたかがわかります。

アン・シリーズに登場するレースを三つ挙げてみましょう。

◘クロッシェ・レース

鉤針編みなら、リネンや綿の糸を使ってレースが比較的手軽につくることができる

ポーリーン・ジョーンズさんが見せてくださったモード手作りのドイリー（未完成）。細かな作業が要求される繊細なレースだ。

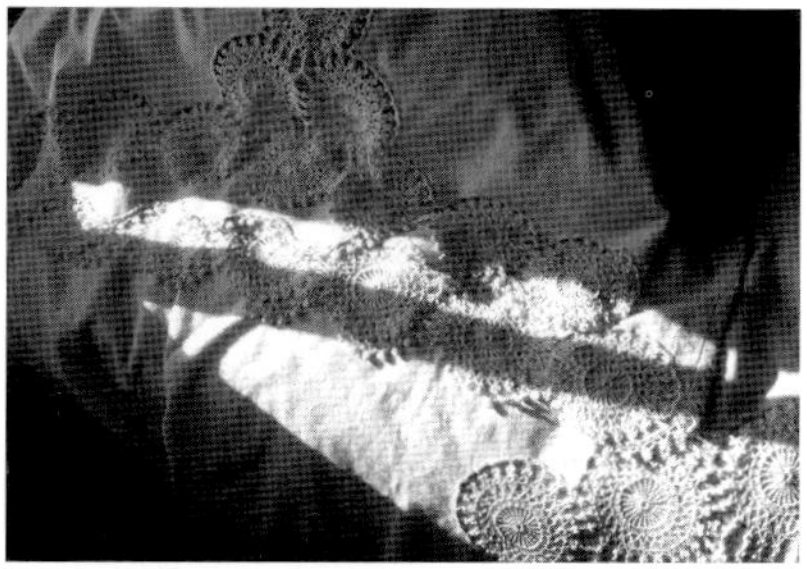

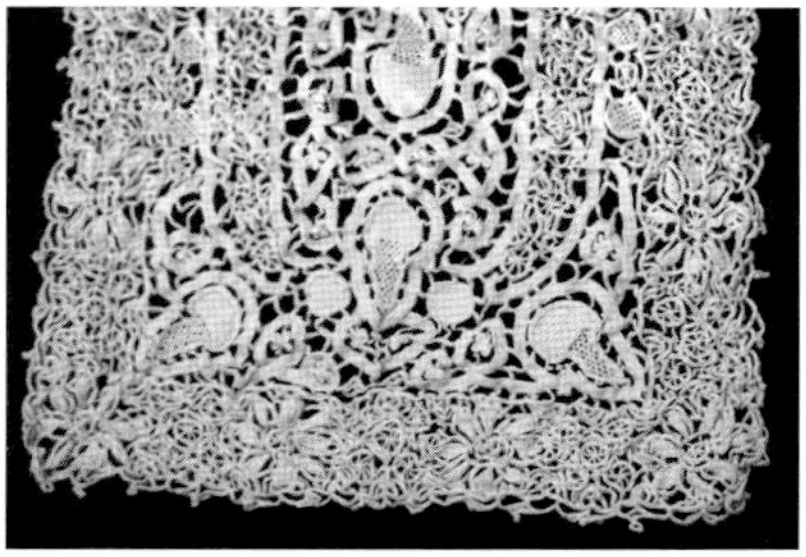

上：グリーン・ゲイブルズ・ハウスのアンの部屋のピローケースにはクロッシェ・レースがほどこされている。下：クロッシェ・レースの一例。

ヴァランシエンヌ・レースの一例。

アイリッシュ・クロッシェ・レースのドイリー。

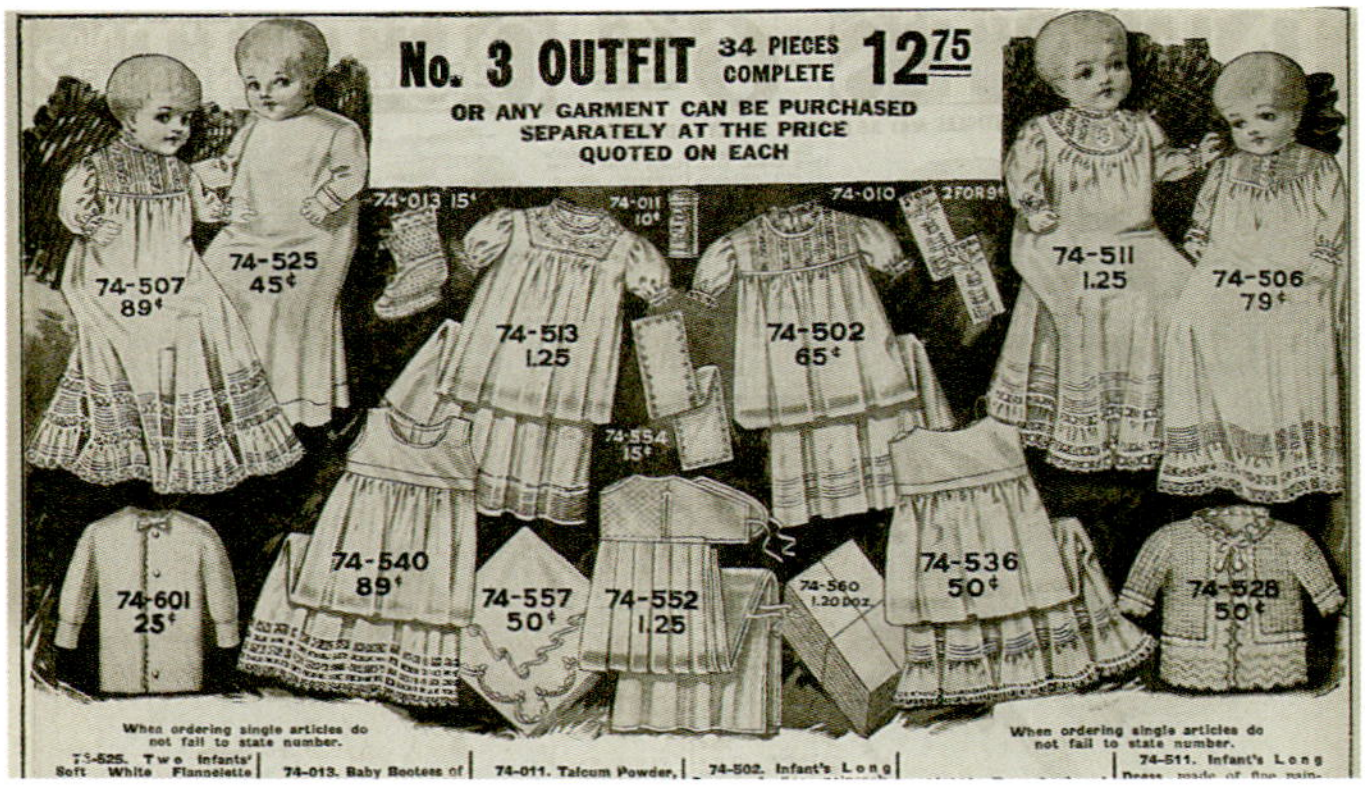

イートンズの1913年春夏カタログより。当時は男の子であっても、赤ちゃんには長い裾のドレスを着せた。アン自身も、生まれてくる我が子に、このような服を自分の手で縫いあげたのだろう。(Toronto Public Library)

とあって、クロッシェ・レースは一般にまで広く親しまれました。カナダの女性は安価で手に入りやすい綿糸をよく使っていたようです。『炉辺荘のアン』には、クロッシェ・レースで縁飾りをした白いペチコートや、リンド夫人がつくった幅広のクロッシェ・レースで縁飾りをした枕カバーが登場します。

アイリッシュ・クロッシェ・レース

バラやクローバーなどの草花をモチーフに立体的に編むのが特徴の、アイルランド特有のレースです。『炉辺荘のアン』で、スーザンが姪のためにアイリッシュ・クロッシェ・レースの衿飾りを編む場面があります。

ヴァランシエンヌ・レース

フランス北部のヴァランシエンヌ地方に起源をもつ、ボビンレースの一種。ボビンで編みあげる精巧なレースは、小さなものでさえ完成までに長い時間がかかります。『アンの夢の家』で、出産を迎えたアンは、友人のレスリーから優美な刺繍とすばらしいタックがほどこしてある手作りの赤ちゃん服をプレゼントにもらいました。襟と袖の小さなレース飾りは、本物のヴァランシエンヌ・レースで、アンはどれほどの時間をかけてこれをつくってくれたのかを思い、感動に胸を熱くするのです。

三つ編みマット

『赤毛のアン』で、グリーン・ゲイブルズにやってきた初日、部屋にはアンが見たこ

モードのいとこステラ・キャンベルが自分の部屋で編み物をしている様子。棚やドレッサーがレースで飾り立てられているのがわかる。1890年頃撮影。働き者で合理性を求める当時の女性たちは、編み物を持ち歩き、人と話をしているときも手は動かしながら編み物をしていた。（L.M.Montgomery Collection, University of Guelph Library）

グリーン・ゲイブルズ・ハウスのアンの部屋にあるカーペットバッグ。カーペット生地を利用してつくったバッグは旅行カバンとして19世紀に人気があった。

きめの荒い布の下から、毛糸を鉤針で引き上げて起毛させた敷物〈フックト・ラグ〉の一作品。マリラは最近の人は三つ編みマットではなくフックト・ラグをほしがる、と言っている。フックラグ、フック織りラグなどとも呼ばれる。絵画のように柄をつくっていくことができるので、新しい手芸品として人気が出たのであろう。

三つ編みマットの一例。古くなったウールや綿の布を縦にさき、三つ編みにして紐をつくり、それを丸く巻いてつくった。（撮影／ちばかおり氏）

ともない、編んだ丸い敷物が床に置いてあった、という描写があります。これは三つ編みマットのことですが、当時は誰もがこのようなマットをつくっていたので、アンが見たこともないという表現はおかしいと『完全版赤毛のアン』（原書房）の注釈にはあります。「モンゴメリはこのように書くことによって、アンの以前の雇い主がとてつもなく貧しい上に、無気力であったということを示そうとしているのかもしれない」（同書）。

『アンの愛情』では、パティの家のあちこちに三つ編みマットが敷いてあった、と描写されています。アンが大学生になった頃には、アヴォンリーでさえも、時代遅れの代物だと思われている三つ編みマットが、裕福な人々が住むスポフォード街にあることに、アンは驚きを隠せません。時代遅れであっても、アンはこの三つ編みマットがお気に入りで、『アンの夢の家』では結婚祝いに三つ編みマットがほしいとマリラに頼みます。マリラはあんな古臭いものをほしがるなんてと驚きますが、屋根裏にある三つ編みマットを六枚、アンに贈りました。古いだけで、縞模様にしてとびきりいい敷物に仕上げた、マリラ自慢の敷物です。

島の州知事邸に飾られていた、ヴィクトリア朝風のクリスマスツリー。

COLUMN 12

クリスマスツリーとプレゼント

ツリーはもともと、大きな木ではなく、テーブルの上に飾ることのできるくらい小さなものが使われていたそうです。植木鉢に植えられたマツやヒバなどを卓上において飾りつけたので〈テーブルトップツリー〉と呼ばれました。プリンス・エドワード島には豊かな森があるので、森のなかから切って運んできました。『アンの幸福』では、アンがキャサリンとともに森へ行ってクリスマスツリーにする小さなモミの木を切り、リースにする這いエゾマツなども集める場面があります。

ツリーの飾り付けは、『炉辺荘のアン』に、ロウソク、色のついたガラスボール、てっぺんには銀の星をつけたとあります。ロウソクは当時、小さなブリキの皿にのせた赤や緑、黄色や白といった本物のロウソクを飾り、火をつけて眺めたあとはすぐに消されました。果物や木の実、紙をいろいろな形に切ったり、折ったりした飾りもつけられました。扇形は、ヴィクトリア朝に好まれたモチーフです。

アンはツリーの飾り付けをイヴの夜、子どもたちが寝静まってから行って、翌朝子どもたちを驚かせています。サンタクロースが夜のうちに来て、ツリーを飾り、プレゼントをおいていったと思わせたかったからです。これはモード自身のやり方でした。

アンがマシューからクリスマスプレゼントにもらった、茶色のパフスリーブのドレスや、ミス・バリーから贈られた子山羊の革でつくられた靴はとても印象的ですが、このようなプレゼントは当時としては大変豪華なものです。子どもたちがイヴに吊るしておいた靴下のなかに、クリスマスの朝、オレンジやリンゴ、レーズンやキャンディといった質素なプレゼントが入っているのが一般的でした。

現在のように物が豊富にないアンの時代のクリスマスプレゼントは、ほとんどが手作りでした。手編みのレースや、ミトン、マフラー、イニシャル入りのハンカチや文房具などです。『アンの幸福』で、グリーン・ゲイブルズでクリスマスをすごしたキャサリンは、マリラたちから、クロッシェ編みのひざ掛け《アフガン》、オリスの根を詰めた香袋《サシエ》、ペーパーナイフ、手作りのジャムやゼリー、チェシャ猫のペーパーウェイトをもらったと書かれています。

ヴィクトリア朝のカードより。クリスマスツリーを飾るこのようなクリスマスの習慣をイギリスに広めたのは、ドイツ人のアルバート殿下と結婚したヴィクトリア女王といわれている。

森からとってきた常緑樹の枝でリースやガーランドをつくって家を飾ることも行われていた。

COLUMN 13

スクラップブッキング

モードのスクラップブックの一部。1893 〜 1937年までモードがつくったスクラップブックが現存。（Courtesy of L.M.Montgomery Birthplace）その一部は“*Imagining Anne*”として出版されている。邦訳版は『赤毛のアン　スクラップブック』（河出書房新社）。

客間や客用寝室をより美しく飾るために、アンの時代に流行したのがスクラップブックやアルバム、画集などをベッド際におくことです。スクラップブックもアルバムも画集作りも、アンの時代に、子どもから大人まで、幅広く流行していました。家族の歴史ともいえるアルバムや、家族の写真を貼ったスクラップブックは、安息日の日曜日に退屈していた子どもたちの気晴らしにもなりました。

アン自身がスクラップブックをつくる場面は出てきませんが、新聞や雑誌に掲載されたきれいなイラストや写真、あるいは採用された自分の詩や物語を切り取ってスクラップしていただろうことは想像できます。モード自身、スクラップブッキングを楽しんでいました。自分の作品や、気に入った詩やイラストや写真、あるいは招待状やイベントのパンフレット、カード、自分が撮影した写真をプリントアウトしたもの──残しておきたいもの、好きなもの、記念のものなどで、モードのスクラップブックは実に賑やかです。

アンの暮らしを知る——植物

アンの物語には樹木や植物の
具体的な名前が数多く出てきます。
アン自身植物が大好きで
庭作りにいそしみます。

リンゴの花が満開の並木道にアンは〈歓喜の白路〉という名前をつけた。

〈クイーン・アンズ・レース〉。日本名はノラニンジン。島の野原でよく見かける。

6月にはサクラやプラムなどの、白やピンクの花が盛りになる。

✣野生の植物

プリンス・エドワード島は世界で一番美しい島だと聞いていたアン。グリーン・ゲイブルズへ向かう道すがら、たくさんの花が咲いているのを見て感激しました。アンが島にやってきたのは六月で、リンゴやサクラ、野生のプラムの、白やピンクの花が満開の季節でした。アンは野生のプラムの花を見て、霞のような美しいヴェールをまとったお嫁さんを想像するわ、と話しています。

島に自生する野生の花のほとんどは土着のものではなく、移民してきた人々が種として持ってきたものです。はじめは庭で育てた植物が、のちに野生化もしました。初期に入植したフランスの人々はデイジー、クイーン・アンズ・レース、レッド・ヤロウなど八〇種類以上の植物をもたらしたそうです。

⊡レディース・イヤードロップス

『赤毛のアン』の冒頭、レイチェル・リンド夫人の家のまわりには、ハンノキやレディース・イヤードロップスが茂っていると描写されています。レディース・イヤードロップスという愛称で呼ばれる植物はいくつもあり、候補としては二つの植物があげられます。

　一つ目は〈フクシア〉です。中南米原産で、一八世紀にイギリスに伝えられ、ブームになりました。

　もう一つは〈ジュエル・ウィード〉です。ツリフネソウ科のホウセンカの仲間で、島でよく見かける種類は、斑点が入ったオレンジ色の花です。ジュエル・ウィードの愛称は〈レディース・イヤードロップス〉のほかに、〈ワイルド・バルサム〉〈ワイルド・タッチ・ミー・ノット〉などいろいろあります。

　現存するモードの手書き原稿では〈ジュエル・ウィード〉と最初に書いていたのを〈レディース・イヤードロップス〉と訂正してあります。モードはジュエル・ウィードという名前よりも、レディース・イヤードロップスのほうが響きがきれいだと思い、書き直したのでしょうか。あるいはもう一つの〈フクシア〉を思い描いて書き変えた可能性もあります。第一一章で、アンが台所に飾っているフクシアの花に話しかける場面があり、これは外からアンが摘んできたか、フクシアの植木鉢かのどちらかです。きれいな花に興味のない実用一点張りのマリラが、花をわざわざ飾っているのは不自然という点で、アンが摘んできたフクシアは、リンド夫人の家のまわりに茂る野生のフクシアだと想像できるのです。

上：園芸種のフクシア。下：野生化して大きな茂みになったフクシア。

ツインフラワー（日本名：リンネソウ）。一つの茎から、花が二つに分かれて咲くのが双子（ツイン）のようだ。丈が10cmほどと低く、注意して探さないとなかなか見つけることができない。

⊡ジューン・ベル

　アンは孤児院にあった細く小さな木に、森のなかでほかの木に囲まれ、根元にコケやジューン・ベルが咲いていたらもっと大きくなれるだろうにね、と話しかけていました。〈ジューン・ベル〉はツインフラワーという花です。モードは野生の花のなかでこれが一番好きだと日記に記しています。ただ、ジューン・ベルという名前ではどの植物事典にもなく、モードが名づけた想像の名前だといわれています。ジューン・ベルは別の章で、エゾマツの深い森のなかに〝可憐なジューン・ベルと、うす青くはかなげなスターフラワーが咲いていた〟という描写がされています。

⊡スターフラワー

　名前のとおり、星のような形をした白い小さな花。日本名はツマトリソウ。アンが学校への往復で歩く森のなかの〈カバの道〉にも咲いています。

右：野バラ。左：ローズヒップ。日本で市販されているローズヒップは、バージニア・ローズではなく〈ドッグ・ローズ〉か〈スウィート・ブライア〉のバラの実が多いそう。

スターフラワー。5月末から6月にかけて、島の森のなかに咲く。

バターカップスの日本名はキンポウゲ、あるいはウマノアシガタ。島ではとても身近な野草で、6～8月にかけて、あちこちで見られる。

ピジョンベリー。日本名はゴゼンタチバナ。島では5月末～7月初旬まで花が咲く。

野バラ

道端に咲いている野バラを見たアンは、もしバラが話せたらとても愛らしい話をしてくれるでしょうね、と想像します。野バラは〈バージニア・ローズ〉という一般的な野バラです。花が咲いたあとの実は、ローズヒップと呼ばれ、ビタミンCが豊富で、お茶、ジャムやゼリーに使われます。

バターカップス

アンは一人で教会に行く途中、帽子があまりにシンプルで寂しいので、道端に咲いていた野バラと、バターカップスで飾り立てました。島ではとても身近な野草で、六月から八月にかけて、あちこちで見られます。

スミレ

アンは森のなかにスミレが群生になって咲くくぼ地を見つけ〈スミレの谷〉という名前をつけました。春になると一面紫色になるのです。島で春に見られるスミレは、ホワイト・ヴァイオレット、パープル・ヴァイオレット、ブルー・ヴァイオレットなど一〇種類ほどあります。

ピジョンベリー

森のなかの〈カバの道〉に深紅の房をつけた〈ピジョンベリー〉が生えていたという描写があります。これは、別の章に出てくる〈クラッカーベリー〉と同じ植物でしょう。クラッカーベリーは、ハナミズキ科の花で、春に白い花を咲かせ、秋になると赤い実をつけます。クラッカーベリーには〈ピジョンベリー〉のほかにも〈バンチベリー〉〈ドワーフ・ドッグウッド〉などの呼び名があります。

メイフラワー

春、アンの学校ではメイフラワーを摘み

島の野原に咲く〈オックスアイ・デイジー〉。アン・シリーズで、デイジーが咲く野原や道を歩くシーンのデイジーはこのオックスアイ・デイジーである。

ブルーアイド・グラス。日本名ニワゼキショウ。『アンの夢の家』にアンとレスリーが、小川の岸に咲くブルーアイド・グラスのなかに座ったという描写がある。

バラ科の〈サンザシ〉にもメイフラワーという愛称があるが、物語に出てくるメイフラワーはこの花。日本のイワナシと似ている。丈が短く、枯葉にうまってしまうと見つけにくい。ピンクや白の花びらはランのような強い香りを放つ。

〈カバの道〉に咲いているユリ科の〈ワイルド・リリー・オブ・ザ・バレー〉。〈カナダ・メイフラワー〉とも呼ばれている。日本名はマイヅルソウ。

アンは森を散策するのが大好き。冬の森もすてきだと言う。写真はグリーン・ゲイブルズのモデルとなったウェッブ家の冬の森。モード自身が撮影。(L.M.Montgomery Collection, University of Guelph Library)

『アンの青春』でトーリー街道に燃え立つように咲いていたのはこの〈ファイヤー・ウィード〉。日本名はヤナギラン。

カナダの国旗にもなっているメイプルの木。秋になると真っ赤に染まる。

に出かけました。メイフラワーの咲かないところに住む人はかわいそうだ、メイフラワーがどんな花か知らないのは悲劇だ、メイフラワーよりすばらしいものはないと、アンはそのすばらしさを切々とマリラに話します。メイフラワーという名前のとおり、島では五月に森のなかに咲くツツジ科の花です。昔は、アンのように小学校でメイフラワーを摘みに行く〈メイフラワー・ピクニック〉が行われていたそうですが、今は数が減って保護指定の花になってしまったため、摘むことはできません。

✣花壇の植物

料理に使う野菜やハーブを育てる庭を〈菜園《ベジタブル・ガーデン》（キッチン・ガーデン）〉といい、たいていその横には〈花壇《フラワー・ガーデン》〉がありました。『赤毛のアン』にはグリーン・ゲイブルズの花壇の描写はありません。あまりに整いすぎ、とりすましているように見えるグリーン・ゲイブルズは実用主義の潔癖《けっぺき》なマリラを象徴しており、きれいな花が大好きなアンとは対照的に描かれています。

グリーン・ゲイブルズに引き取られたあと、アンが小さな花壇をつくったことがわ

ヨーロッパでは現在も虫除けとしてセンテッド・ゼラニウムを窓辺においている家が多い。グリーン・ゲイブルズ・ハウスのアンの部屋の窓辺においてあるのは赤いゼラニウム。

上：オダマキ
下：ブリーディング・ハート

葉にさわるとリンゴの香りがするセンテッド・ゼラニウムの仲間〈アップル・ゼラニウム〉。アンは台所の窓辺においてあったこの花に〈ボニー〉と名前をつける。マリラが窓辺にこの花をおいていたのは、鑑賞用ではなく、ゼラニウムが持つハエを追い払う効果と、葉をゼリーやサラダのドレッシングなどの料理に使えるからだろう。モードも少女時代、ボニーと名づけて育てたゼラニウムがあったという。

かる描写がありますが、実際にどんな花を育てているかは描かれていません。印象的な花壇の描写は、ほかの登場人物の庭に見られます。

⦿バリー家の庭

アンがダイアナと永遠の友情を誓い合ったバリー家の庭の描写は、何行にもわたって続きます。庭は、大きなヤナギの古木と、背の高いモミに囲まれ、木の根元には日陰を好む花々が咲いています。きちんと角をなして走る通路は貝殻できれいに縁取りされ、通路にはさまれた花壇には、古風な花が茂るにまかせてこぼれるように咲いています。

アンとダイアナがオニユリの茂みをはさんで見つめ合った花壇に咲く花として、一四種類もの花の名をあげています。ブリーディング・ハート、赤いシャクヤク、ナルシス、スコッチローズ、ピンクや青や白のオダマキ、淡いライラック色のバウンシング・ベッツ、サザンウッド、リボングラス、ミント、紫色のアダム・アンド・イヴ、ラッパスイセン、スウィート・クローバー、ジャコウアオイ、赤いアメリカセンノウ。庭の美しさに、夕日は沈むのをためらい、風も庭から出ようとせず、心地よさそうに吹いて葉を鳴らした、とまで描写されています。

ナルシスというのは、スイセンの学術名。リンド夫人が、ダイアナやルビーが大輪の赤いシャクヤクなら、アンはホワイト・ジューン・リリーみたいだ、アンがナルシスと呼んでいるあの花のことだよ、と言う場

オニユリ。アンとダイアナはオニユリの茂みをはさんで見つめ合ったと描写されている。オレンジ色のオニユリは、西洋ではプロテスタントのシンボル。

右：ラッパスイセン　左：リボングラス。イネ科の草で、花壇の縁取りによく使われる。日本ではオオカニツリ、またはクサヨシ。『完全版赤毛のアン』（原書房）には、クサヨシとある。

グリーン・ゲイブルズ・ハウスの横につくられている菜園。

上：マスクマロウ。日本名はジャコウアオイ。花にジャコウの香りがあるところからついた。下：ミント。さまざまな種類があり、使用頻度も高いハーブ。

面があります。ここから、ナルシスとホワイト・ジューン・リリーが同じ花だわかります。〈ホワイト・ジューン・リリー〉は白ユリではなく、白スイセンだったのです。アンがジューン・リリーとは言わず、ナルシスと呼んでいるのは、ギリシャ神話にもとづくナルシスという名前のほうがロマンチックだったからでしょう。

　スコッチ・ローズはマシューの母親がグリーン・ゲイブルズにスコットランドから花嫁としてやってきたときに持ってきて植えた花で、マシューは口には出さねどこの花を愛していた、とあります。心臓発作で亡くなったマシューは、甘く香る古風なその花で埋め尽くされた棺に横たわり、アンはマシューのお墓にもスコッチ・ローズを一株植えました。スコッチ・ローズは〈バーネット・ローズ〉ともいい、一重の白いバラが咲き、棘や剛毛が多いオールドローズの一種です。アンの物語に出てくるバラは圧倒的にオールドローズが目立ちます。

　バウンシング・ベッツは、〈ソープワート〉〈サポナリア〉ともいうナデシコ科の花。根、茎、葉にサポニンを含み、三〇分以上煮出すと石けん液ができます。昔は洗濯に使われていました。

　サザンウッドは、キク科ヨモギ属のハーブの一種です。レモンに似た香りがする草で、防虫効果があり、昔から衣類にはさんで利用されました。スーザンが聖書のしおり代わりに使っている場面が『炉辺荘のアン』に出てきます。

　アダム・アンド・イヴは、紫色の花が咲くとあるので、カナダ北部に自生するラン科の花〈プティルート〉か、ムラサキ科のプルモナリア属の〈ラングウォート〉と思われます。

　スウィート・クローバーは、シロツメクサではなく〈ホワイト・メリロット〉というハーブのことです。ハチミツの香りがするので、スウィート・クローバーと呼ばれ

グリーン・ゲイブルズ・ハウスの花壇。アンの物語に出てくる植物が植えられている。

ています。

アメリカセンノウは、鮮やかな赤い花びらの形が、マルタの騎士をあらわす記章に似ているということで〈マルテーズ・クロス〉とも呼ばれます。

⊡パティの家の庭

『アンの愛情』でアンが友だちと共同で借りたパティの家の小さな庭は、低い石垣で囲まれており、昔なつかしい素朴な花や灌《かん》木《ぼく》で、美しく飾られていたと描写されています。登場する花の名前は、スウィート・メイ、サザンウッド、レモン・ヴァーベナ、アリッサム、ペチュニア、マリゴールド、クリサンセマム。

〈スイート・メイ〉でヒットする植物は検索しても見つからず。サンザシか、メイフラワーか、あるいは別の花にモードがつけた独自の名前かもしれません。

レモン・ヴァーベナは、クマツヅラ科のハーブ。葉っぱがレモンのような香りがし、料理の香りづけやハーブティーなどに用いられます。

アリッサムは、アブラナ科の花。黄色い花を咲かせる〈ゴールデン・ダスト〉か〈スウィート・アリッサム〉あたりと思われます。

クリサンセマムはキクの学術名で、多くの種類があるためどのキクをさしているかはわかっていません。

⊡柳風荘の庭

『アンの幸福』でのアンの下宿先・柳風荘の、裏口に続く通路の両側にある花壇も花の名前をあげて描写されています。登場するのは、リボングラス、ブリーディング・ハート、オニユリ、スウィート・ウィリアム、サザンウッド、ブライズ・ブーケ、赤と白のデイジー、シャクヤク。それぞれが時を選んで見事に花を咲かせたことがわかる、とあります。

スウィート・ウィリアムはナデシコ科の花で、日本の〈ビジョナデシコ〉〈ヒゲナデシコ〉〈アメリカナデシコ〉です。

ブライズ・ブーケという名前の植物も検索しても見つかりませんでした。これも、モードがつけたあだ名か、モードのまわりで通用していた呼び名だと思われます。

⊡アンの庭

アンは結婚後、自分の庭を持ち、好きな花を植え、手入れをします。『アンの夢の家』では、強い潮風からモミ林が庭を守ってくれています。庭は、以前の持ち主がつくったもので、バラの茂みが二列あり、古風な花がたくさん植えられています。具体的な花の名前としては、オレンジリリー、マリゴールド、ゴールデン・グロー、ポピー、ラッパスイセンなどが出てきます。ジム船長が、乳白色の貝殻をたくさん持参し、アンの花壇を縁取ってくれました。アンははじめ、その古いやり方に乗り気ではありませんでしたが、できあがった花壇は古い庭にぴったり合いました。

『炉辺荘のアン』の庭は、ドアがはめ込まれた高いレンガ塀で囲まれており、広い芝生、その後ろに落葉樹の木立がひかえ、果樹園もありました。アンがガーデニングに喜びを見いだし、楽しんでいたことが物語のあちこちからうかがえます。

アンはできあがった庭はおもしろくない、

1895年の種のカタログ。アンはこうした種子カタログを眺めて庭に植える花を選ぶ楽しみを味わっていた。

左：ポピー。『炉辺荘のアン』で、ウォルターが種の包みをこぼしてしまったところにポピーが咲き誇り、アンもスーザンもそのポピーを自慢に思っている。右は〈シャーリー・ポピー〉。アンの名字はモードが好きだったこの花がもとになっているかもしれない。

左：スイカズラ。アンはスイカズラの芳香が好きで、髪の毛に飾っている。右：島でよく見かけるオレンジデイリリー。

デルフィニウム。

ダイアナの庭は人の手が加わっていることがわからないような、自然に近いこのような感じの庭だったのではないだろうか。

タチアオイ。

スウィート・ブライア。〈エグランティー・ローズ〉ともいわれている野生種で、モードは庭の生垣に植えていた。

左：ナス科のペチュニア。日本名はツクバネアサガオ。右：〈聖母マリアの黄金〉という意味のマリゴールド。キク科。写真はフレンチ・マリゴールド。

自分で庭仕事をしなければ庭の意味がないと話します。草取りをしたり、掘り返したり、植え替えたり、模様替えをしたり、刈り込みをするのが喜びだと、アンは言っています。このアンの庭に咲いている花を物語の描写から抜き出してみると、アイリス、オニユリ、クリサンセマム、ジューン・リリー（白スイセン）、シャクヤク、スイカズラ、スウィート・ブライア、スナップ・ドラゴン、タチアオイ、チューリップ、ナスタチウム、パンジー、バラ、ポピー、ミント、ラッパスイセン、デルフィニウムなどです。

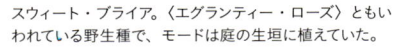

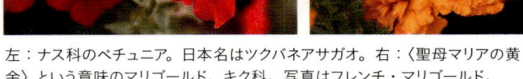

古風な庭

アンの物語に出てくる庭の共通点は〈古風な庭《オールドファッション・ガーデン》〉であること。〈ワイルド・ガーデン〉や〈コテッジ・ガーデン〉とほぼ同じと見てよいでしょう。モード自身が庭やガーデニングが好きで、〝古風な庭ほど素敵なものはない〟と述べ、古風な庭にはそれなしでは成り立たない、欠かせないものがあるとして、古風な庭の定義をしっかりと日記で述べています。

まず、まわりの世界から切り離した、〝取り囲まれた庭〟であること。ヤナギやリンゴの木、あるいはシダなどで囲むこと、とあります。次に、庭のなかには、歩けるように小道が通っていること。その小道のふちは、ハマグリの殻や、リボングラスで飾ること。

最後に、庭に植えるべき植物について。古風な庭に属する花々と、何世紀も前に祖母のような人の手で植えられた、今日の花のカタログにはめったに出てこないような、多年生の花、とあります。具体的に花の名前もあげられています。ポピー、キャベジ・ローズ、オニユリ、スウィート・ウィリアム、ブリーディング・ハート、サザンウッド、タチアオイ、マスクマロウ、レモンバーム、スウィート・メイ、バウンシング・ベッツ、白スイセン、シャクヤク、ブライズ・ブーケ、アダム・アンド・イヴ。アンの庭をはじめ、ダイアナの家の庭、パティの家の庭、柳風荘の庭などに植えられている植物がほぼ含まれているのがわかります。もちろん、これらの花は、モードが自分の庭にも植えていた花々です。モードは心からこうした古風な花々を愛し、物語にも描いたのでした。

オンタリオ州リースクデール村の牧師館に住んでいたときの、モードの庭。下：裏庭につくられた花壇と菜園。（L.M.Montgomery Collection, University of Guelph Library）

モードが撮影したこのアルマ・マクニール家の庭は、モードが理想とする〈野生の庭〉であった。（L.M.Montgomery Collection, University of Guelph Library）

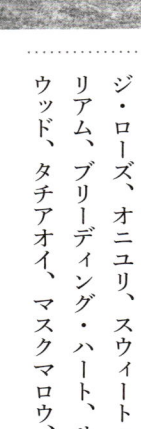

COLUMN 14

ポプリとサシェ

畑や花壇で育てたハーブの薬効を生活に上手に生かす方法が、ポプリとサシェです。

『アンの青春』には、ミス・ラヴェンダー家の炉棚においてあるローズ・ジャーから、香りがほのかに漂っていたと描写されています。『アンの愛情』で、アンが換気をしにラヴェンダー家を訪ねたとき、そのポプリの匂いはまだ空気のなかに漂っていた、とあります。ローズ・ジャーというのは、バラを使ったポプリのこと。壺や瓶に入れて楽しみます。モード自身、若い頃、部屋におくのが普通だったポプリを、自分でブレンドして楽しんでいました。バラなどの香りのよい花を乾燥させ、スパイスなどと混ぜてオリジナルの香りをつくるのです。


　ポプリを袋に入れて持ち運んだり、シーツや衣類を香らすのに使ったのがサシェで〈匂い袋〉〈香袋〉などと訳されます。『アンの幸福』で、キャサリンは、オリス・ルートのサシェをクリスマスプレゼントにもらいました。オリスは〈ニオイ・イリス〉ともいい、根茎《ルート》は乾燥するほどスミレのような匂いを出すので、ポプリなどの保留剤に使われました。『炉辺荘のアン』では、スーザンがオリス・ルートを入れてシーツを煮て香り付けをしています。

『アンの青春』で、ダイアナがモミ（針状葉に芳香を持つバルサムモミ）の葉を詰めたクッションをつくろうとする場面があり、アンは昼寝のときに使うと答えています。また、『アンの愛情』で、ダイアナは大学へ進学するアンへ、マツ葉を詰めたクッションを贈っています。これらのクッションはポプリ・ピローやハーブ・ピローの一種で、アロマテラピー効果、鎮静効果があるそうです。

モードのサイン入りの本の横にさりげなくおかれていたポプリ。日本に初めてポプリを紹介した熊井明子氏が、ポプリを知ったのはアン・シリーズの『アンの友だち』だったという。
(L.M.Montgomery Heritage Museum)

サシェ。1860年代までは男性もジャケットのポケットにサシェ（当時はカセレットと呼ばれた）を入れて使っていたという。

グリーン・ゲイブルズ・ハウスの庭に咲いている〈スノーボール〉。日本名はオオデマリ。

食卓に花を一輪ずつ飾るだけでもぱっと華やかになる。（撮影／ちばかおり氏）

COLUMN 15

花で飾る

『赤毛のアン』でアンは、アラン牧師夫妻をお茶に招いた際、シダと野バラをふんだんに使ってテーブルを飾りつけました。堅実なマリラは大事なのは料理と言いましたが、バリー夫人も飾り付けたのだと聞いてアンに任せます。牧師夫妻は席につくやいなや、芸術的センスで飾られたテーブルを褒めました。

『アンの青春』では、花というものは上手に使うと劇的な効果をあげるものだと、モードが描写しているように、モーガン夫人をお茶に招いた際にすばらしい飾りとなりました。マリラがいっさいの模様替えを許さなかった客間を、アンは炉棚には大鉢に活けたスノーボール、重ね棚にはブルーベルの花束、暖炉の前には赤いシャクヤクを花瓶いっぱいにさして飾り、火格子そのものにも黄色いポピーを飾って、見違えるほど明るく整えました。また、食卓の中央には花瓶いっぱいに活けたシャクヤク、1人1人のお皿の前には一輪のバラをおき、モーガン夫人の前には特別にバラのつぼみの束をセットしたのでした。

〈ブルーベル〉〈ヘアベル〉〈スコットランドブルーベル〉と呼ばれるカンパヌラ・ロツンディフォリア。日本名はイトシャジン。

1890年代はシダといった野生の植物を愛《め》でるのが流行し、一般の家庭でも、アンのように植物を装飾として用いるのは最先端のやり方でした。当時の食卓の飾り方は、テーブルの上を高さをつけずに平たく飾り、向かい側に座る方の視界を妨げないという心配りがあったそうです。

アンはシダが大好きで、『アンの夢の家』でも、シダを家のなかに飾っています。シダはヴィクトリア朝に流行した植物の一つで、インテリアのデザインにもシダ模様が使われました。シダほどヴィクトリア朝の人々が偏愛した植物はないといわれています。

19世紀の客間。暖炉脇にあるテーブルの上に、シダの鉢植えがおかれている。(Public Archives and Records Office of Prince Edward Island)

グリーン・ゲイブルズ・ハウスのまわりに広がる森のなかには、シダが繁茂している。

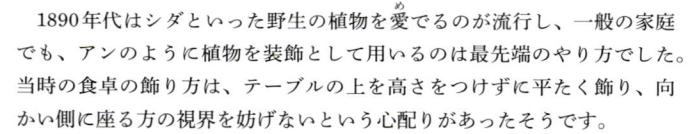

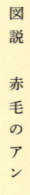

COLUMN 16

花言葉

『アンの青春』に登場するミス・ラヴェンダーの名前の由来になったラヴェンダー。〈愛〉〈慈愛〉〈疑惑〉といった意味がある。

植物に隠れたメッセージを込めてコミュニケーションに使うことが、ヴィクトリア朝に流行りました。花言葉《ランゲージオブフラワー》（floriographyともいう）を知っていることは、階級の高い人々のたしなみで、知的な遊びの一つでした。小さな花束《タッジー・マッジー》の形で、とくに恋愛がらみでやりとりされることが多かったようです。

『アンの夢の家』で、レスリーは自分のなかにある激しい憧れを満たしてくれるのは真っ赤なバラだけだと言い、オーエンはバラは何世紀ものあいだ“愛の花”として讃えられてきた、と応じます。そしてレスリーに、赤いバラはどんな愛をあらわしているのかと問いかけ、暗に自分の愛を告白します。レスリーは〈勝利を得た愛〉だと答え、2人は結ばれるのです。

『アンの愛情』で、ダイアナの結婚式のピンクのバラのブーケを見てアンは、ピンクのバラこそ本当のバラだ、愛と誠実の花だとうっとりします。アンはピンクのバラがとくにお気に入りでした。同じく『アンの愛情』で、アンは一目ぼれされたロイから、早速愛を意味するバラの花束を贈られました。

また、大学の送別会に行くアンへは白いラン（花言葉は〈愛〉〈洗練された美〉など）を、卒業式にはスミレ（花言葉は〈愛情〉〈つつましさの価値〉など）を贈っています。ギルバートが卒業式にアンに贈ったのはスズラン。〈幸福の再来〉〈幸福〉〈優しさ〉といった花言葉があります。

植物が好きだったモードは当然花言葉を知っていたでしょう。知ったうえで物語の場面場面に合わせた花を選んでいたとも考えられます。たとえば『赤毛のアン』で、アンがマシューのお墓に挿し木したティー・ローズには〈ずっと忘れない〉という意味があります。

『アンの青春』で、アンの魂を花にたとえるなら、芯に紫が入った白スミレだとプリシラが言った。

ヴィクトリア朝のカードによく描かれたスミレやワスレナグサ。ワスレナグサには名前の通り〈私を忘れないで〉や、〈真実の愛〉といった意味がある。

メアリー・マイルズ・ミンターのアンと、フレデリック・バートンによるマシュー。日本での映画タイトルは「天涯の孤独」だった。(Courtesy of Bala's Museum, Muskoka)

「そよ風の町」のプレスシート。(松本正司氏提供)内容はだいぶ原作と替えられているが、若き教師アンが意地悪にあいながらも奮闘するさまが少しメロドラマ風に描かれている。

1934年の「赤毛のアン」は驚くほどのヒットとなった。アン役ドーン・オディ、ギルバート役トム・ブラウン。監督はジョージ・ニコルズ・ジュニア。(松本正司氏提供)

物語を飛び出したアン

アンは小説として読まれるだけでなく、映画、ミュージカル、アニメーションなど、幅広い展開を見せています。

✣映画

無声映画「赤毛のアン」

『アンの娘リラ』で、アンはリラと戦争期間中の一九一八年に、シャーロットタウンに戦争映画を見に行く場面があります。これは白黒の無声映画でしょう。

モードが『アンの娘リラ』を執筆していたとき、実は『赤毛のアン』はすでにアメリカで映画化されていました。一九一九年、「赤毛のアン」は初めて無声映画としてつくられました。この映画を見たモードはよくできているものの、自分の作品とは思えなかったと感想をもらしています。アメリカでつくられた映画だったこともあり、風景も人々も、プリンス・エドワード島ではなくアメリカのニューイングランド的。国旗はアメリカだし、島に当時いなかったスカンクが登場してがっかりしました。

そのときのアン役は、メアリー・マイルズ・ミンター。彼女は当時の人気女優メアリー・ピックフォードのライバルで、将来を有望視されていましたが、突然姿を消してしまいます。大成功を収めた「赤毛のアン」の映画も、ほかの国で広告が出たものの上映されることはなく、モードは不思議に思っていました。後年になって、この映画の監督がある日射殺されているのが発見され、多くの浮き名を流した女優のなかにミンターがいたことが原因と知ります。殺人容疑はかかりませんでしたが、ミンターが監督にあてたラブレターが発見され、彼女の女優人生は閉じられてしまったのです。

RKO制作「赤毛のアン」

『赤毛のアン』が次に映画化されたのは一九三四年。アメリカのRKOラジオ・ピクチャー社制作の、声が入ったトーキーの白黒映画でした。アン役はドーン・オディで、彼女はこの映画を機に芸名を〈アン・シャーリー〉に変えました。モードはこの映画を四回見ており、全体的によかったとの感想。しかし、やはりプリンス・エドワード島の風景ではないことを残念がりました。この映画は日本では「紅雀」という題名で一九四一年に公開されています。

次に映画化されたのは『アンの幸福』。前作と同じアメリカのRKO制作の白黒映画です。原作と同じく、アメリカでは"Anne of Windy Poplars"の題で（イギリスでは"Anne of Windy Willows"で）一九四〇年に公開されました。アン役は前作と同じドーン・オディ（芸名アン・シャーリー）。日本では「そよ風の町」という題で一九四九年に公開されています。

アン役にはどうしてもカナダ人をと、カナダ中を回ってオーディションを行い、ミーガン・フォローズが起用された。しかしまだ無名だったため、まわりをベテラン俳優で固めた。マリラ役のコリーン・デュハーストは実の息子たちと島ですごしたことがあり、物語への思い入れも強く、マリラ役を二つ返事で引き受けた。（NHKエンタープライズ提供）

「赤毛のアン」DVD-BOX：アン三部作、グリーン・ゲイブルズに来る前のアンを描いた「新たな始まり」（オリジナルストーリー）を収録。
26,600円（税抜）
発行：NHKエンタープライズ、販売元：バップ
© 2010 Sullivan Entertainment Inc.

テレビ映画「赤毛のアン」

テレビが普及すると、テレビドラマにもなりました。一九五二年にイギリスのBBCがパメラ・ブラウンをプロデューサーに、キャロール・ロリマーをアン役で制作。一九五六年にカナダのCBCが、監督ドナルド・ハーロン、プロデューサーノーマン・キャンベル、アン役トビー・ターナウで制作（このスタッフは後述する一九六四年のミュージカルでも活躍しています）。

一九七二年にはイギリスのBBCが監督ジョーン・クラフト、アン役キム・ブレイドンで制作。これが好評だったため、一九七五年に同じ監督と主演で続編「アンの青春」が制作されています。

一九八五年、カナダ人のケヴィン・サリヴァン監督が二回連続テレビ映画として

「赤毛のアン」を制作。翌年日本の映画館でダイジェスト版が上映されました。サリヴァンは、原作を何度も深く読み込み、アンの物語に根付く当時の濃密な人間関係や地域社会を、美しい風景のなかで映像化しました。

　こうして放映された「赤毛のアン」はカナダで歴史的な視聴率を記録。エミー賞やピーボディ賞など、数多くの賞を受賞しました。続編を望む声に応えたサリヴァンでしたが、続編のストーリーには映画的魅力を見いだせず、自分で創ることを決意。『赤毛のアン』の登場人物と、原作のアン・シリーズのプロットを生かしてはいるものの、ほぼオリジナルの映画となっています。こうして一九八七年に「アンの青春（原題Anne of Green Gables:The Sequel）」、二〇〇〇年には「アンの結婚（原題 Anne of Green Gables: The Continuing Story）」を制作。原作から離れてしまったこれらの映画に異論はあるものの、自然光のなかで撮影することにこだわった映像の美しさ、三作つながっての一つの完成された独特の世界観が魅力となっています。

1964年に行われたミュージカル「赤毛のアン」。監督・振付アラン・ランド、脚本ドン・ハーロン、音楽ノーマン・キャンベル。アン役トビー・ターナウ。(Library and Archives Canada)

❖ミュージカル

⊡プリンス・エドワード島でロングラン

カナダ連邦成立を目的にした協議会の第一回目〈シャーロットタウン会議〉が開かれたのが一八六四年。五〇周年にあたる一九一四年は第一次世界大戦が、七五周年にあたる一九三九年は第二次世界大戦が暗く影を落としていました。それでも一九三九年の記念イベントは緻密な計画のもとに開催されたこともあって、多くの観光客に恵まれました。町の小劇場で行われた「赤毛のアン」の劇は好評で、プリンス・エドワード島民のプライドを目覚めさせる演し物ともなりました。

　二つの世界大戦に参戦し、カナダ人であるという愛国意識が芽生え、一九六四年の一〇〇周年記念カナダフェスティバルは大いに盛り上がります。シャーロットタウンは〈コンフェデレーション・センター〉という大劇場を新たに建設、オープニングセレモニーにはエリザベス二世女王が参列しました。ここで行われた「赤毛のアン」のミュージカルは大ヒットとなります。

　その後コンフェデレーション・センターは毎年、〈シャーロットタウン・フェスティバル〉期間中、「赤毛のアン」を定番で上演しつづけています。カナダ一のロング

コンフェデレーション・センターで行われるミュージカル「赤毛のアン」のワンシーン。写真はアン役グリニィス・ラニー、ダイアナ役サラ・ブレナー。(Tourism PEI, Barret and MacKay Photographers)

何度観てもその都度、新たな発見があるとまでいわれる洋服や小道具などのディテールへのこだわりも見もの。写真は2012年の公演より。アン役・若奈まりえ。（劇団四季提供、撮影／荒井健氏）

ランで、旅行者だけでなく、島民の娯楽にもなっており、「赤毛のアン」の小説を読んだことがないという島民でもこのミュージカルなら一度は見たことがある人がほとんどです。

⊡劇団四季「赤毛のアン」

シャーロットタウンで公演されている本家本元のミュージカル「赤毛のアン」を、そのまま日本語で楽しむことができるのが、劇団四季の「赤毛のアン」です。クオリティの高い海外作品を探していた四季の目にとまり、日本での初演が一九八〇年に叶いました。二〇一二年までの三二年間の一般公演数は約六九〇回。再演リクエストが高く、四季の代表的なレパートリーにもなっているため、今後も上演は続けていくとのこと。

「物語自体が何より素晴らしい。特別大きな事件は起こりませんが、毎日を普通に生きることのできる幸せを教えてくれます。等身大で、違和感なくすっと受け入れられる。そんな物語はなかなかないでしょう。また、ミュージカルに欠かせない音楽。ノーマン・キャンベル氏とその夫人が作られた歌詞と曲は、時に楽しく、時に美しく、悲しく、迫力一杯のダンスシーンと一体になって最高の舞台を作り上げています。私共の「赤毛のアン」を観劇したキャンベル氏は、手の使い方一つで心情を余すところなく表現する、繊細でドラマチックな浅利慶太の演出に感動してくださいました」

（広報　吉田智誉樹）

⊡音楽劇「赤毛のアン」

「たとえ血のつながりがなくても家族になれる！　アンの物語の神髄はまさにここ。心のつながりを家族と呼ぶのです。「赤毛のアン」が世界中の人々の心をつないでくれるよう、アンの物語のようなあたたかい世の中になることを祈って、音楽劇を続けてきました」と、NPO団体「国連クラシックライブ協会」代表の小池雅代は語っています。〝生命《いのち》のコンサート〟と題して、一九九二年から毎年、全国各地で行っている市民参加型の音楽劇「赤毛のアン」。規模の小さなチャリティ公演まで含めると、二一年間で二〇〇回を超す上演を記録します。

脚本・演出は小池代表自らが手がけ、作曲・編曲・指揮は尾花輝代充。世界で通用する舞台にしたいと、モーツァルトをはじめとする世界の名曲を交えて、アンのストーリーを紹介します。若い人材を育てたいと、オーディションで多くの出演者を決定。素人であっても光る才能を見いだせば登用し、プロの役者と一緒に猛練習を重ねることで、申し分のない演技を披露するまでになります。主役のアン役には、よりリアリティをもたせるため一一歳くらい、一五歳くらい、二〇歳くらいの女の子を選び、アンの成長に合わせて三交代制で演じるようにしているそうです。

英語での上演が基本ですが、『赤毛のアン』を通して人間の尊厳を広く世界に訴えたいという思いから、ドイツ語、フランス語、中国語での上演もしています。

◎TOURSミュージカル「赤毛のアン」

エステーが一九九八年から主催してきたオリジナルの「二万人の鼓動TOURSミュージカル」。「赤毛のアン」は二〇〇三年から二〇一二年まで、一〇年連続での公演。これまでのミュージカルのなかで一番上演回数の多い「赤毛のアン」の魅力は、子どもから大人まで多くの人に愛されている物語であること。

エステーのミュージカルの基本理念は三つ。ミュージカルの楽しさやすばらしさを伝えるため日本全国で公演をすること、全公演無料でお客様をご招待すること、夢を持つ子どもたちを応援するため全国でオーディションを実施することです。数々のミュージカルの企画・制作を手がける「イマジン」のスタッフと、日本のミュージカル音楽監督の第一人者である山口琇也が歌唱指導も担当しています。その質の高いミュージカルをぜひとも観たいと、毎年二〇万人以上からチケットプレゼントキャンペーンに応募が届くそうです。

アン役は毎年、アンにふさわしい輝く女優や歌手の方々を起用。これまで、山川恵里佳が二回、華原朋美が二回、島谷ひとみが五回、神田沙也加が一回演じています。二〇一二年に演じた神田は、「アンを演じたことで人と人とのつながり、絆、心の支えといった身近にある大切なものを改めて教えてもらいました」と話しています。

❖アニメーション

◎世界名作劇場「赤毛のアン」

日本のアニメ界の重鎮である日本アニメーションが手がけた「世界名作劇場」シリーズ。「フランダースの犬」「母をたずねて三千里」などに次ぐ五作目となったのが「赤毛のアン」です。一九七九年の一月〜一二月まで、全五〇話で放映されました。

今年の出演者が来年の出演者に渡していく。まさに夢のようなバトンタッチで21年間続けてくることができたそうです。写真は2012年の公演。アン役（左から）渡辺菜花、安達星来、中山理沙。（国連クラシックライブ協会提供）

2012年はアンを神田沙也加が熱演。ダイアナ役は「モーニング娘。」OGの高橋愛。（エステー提供）

監督は高畑勲、キャラクターデザインは近藤喜文。彼らはのちにスタジオジブリなどの名高いアニメも手がけます。

子ども向けアニメ制作でロケハンが行われることのなかった当時、この世界名作劇場ではほとんどの作品において舞台になった海外への取材が行われました。それは当時の社長が世界で通用する本物の作品作りをめざしたからです。

五〇話という長いスパンでの放映にもかかわらず、オリジナルは一部で、原作に忠実につくられています。制作当時最も原書に忠実な完訳だとして選ばれた神山妙子訳を底本にし、時代設定も一八九〇年代と正確です。巧みな自然描写で名高い井岡雅宏が美術監督となり、バックにはアニメとは思えないほど美しいプリンス・エドワード島の風景が広がりました。また、小道具もただ背景のなかにおいてある、というのではなく、登場人物たちに持たせたり実際に使っているところを見せるといった、当時の生活がわかるような細かな演出がされているところも見どころの一つです。

高畑監督は「客観的に描くことでユーモアが生まれる」として、アンの視点だけから描かず、マリラの視点も納得いくように見せることで、親になっても楽しめるよう心がけたそうです。その少し引いた視点が、逆にこのアニメ作品を奥深くしました。

「赤毛のアン」ファミリーセレクションDVDボックス
15,000円（税抜）／全50話収録
発売・販売元バンダイビジュアル

アンの声は山田栄子、マリラは北原文枝、マシューは槐柳二。アン役のオーディションを受けた山田はまさか合格するとは思わず、その後の本番では逆に意識しすぎて緊張し、何度もリテイクを出されて苦労したそう。
©NIPPON ANIMATION CO.,LTD. "Anne of Green Gables ™AGGLA"

第27話「オリビアの結婚」より。後方、花嫁オリビア・キングの横に立つ少女はセーラ・スタンリー（「ストーリーガール」）を演じたサラ・ポーリー。現在女優としてだけでなく映画監督としても活躍している。（NHKエンタープライズ提供）

す。すでに映画でモードの世界をつかんだ俳優たちが、アヴォンリー村を舞台にしたこの新しいドラマをさらに盛り上げています。

オリジナルストーリーではありますが、モードの作品『ストーリーガール』とその続編『黄金の道』をもとにしており、『アンの友だち』『アンをめぐる人々』の要素も入っています。原作の読者にとっては、原作をどうドラマに生かしているのかを探す楽しみがあるうえ、物語では描かれていない、アンの時代の暮らしや文化の細かい部分や変化を、映像で知ることができます。

『アボンリーへの道』DVD－BOX 1～7
各18,800円（税抜）
発行・販売NHKエンタープライズ

COLUMN 17

「アボンリーへの道」

ドラマのなかで、ホワイトサンズ・ホテルの外観として使われた〈ダルベイ・バイ・ザ・シー・ホテル〉。映画「アンの青春」（129頁参照）の冒頭シーンにも登場している。

1985年に「赤毛のアン」を制作したケヴィン・サリヴァンが、その続編「アンの青春」の撮影後にとりかかったテレビドラマ。1990～1996年までの長い期間、全91話にわたって放映され、人気を得ました。カナダのみならず、世界中で放映されるほどのヒットを記録。日本では1993～1997年にかけてNHKで放映されました。ノベライズは金の星社から発売（全20巻）。放映後は再放送やDVD化を望む声があとをたたず、現在、日本での未放送分を含めた全話が、DVD化されています。

制作したサリヴァンは、1人の主人公でのシリーズものは難しいとして、アンがもらわれてきたアヴォンリー村全体の人々に焦点をあてた、オリジナルのシリーズドラマをつくりあげました。

3人（のちに4人）の子を持つアレックとジャネット・キング夫妻と、アレックの姉妹で独身のヘティとオリビア・キングという、キング一族を中心にした人間模様。時代背景は1900年代初期で、アレックや村の子どもたちがさまざまな体験をしながら大人へ成長していく様子も見事に描かれています。アンは出てきませんが、マリラやリンド夫人、ステイシー先生は時々登場し、配役は映画と同じです。映画に出演し、このドラマでは違う役で登場する人も多く見られま

ドラマのオープニングに登場する、プリンス・エドワード島のシーカウヘッド灯台。

COLUMN 18

ドールズハウス

デアゴスティーニが2011年秋に創刊した、週刊『赤毛のアンの家～グリーン・ゲイブルズを組み立てる～』は、組み立て式の赤毛のアンの家のドールズハウスです。100号（約2年）ですべてが完成するという長丁場にもかかわらず、全国で1万人以上の購読者に楽しまれています。

グリーンの切り妻が印象的な木造の素朴な家、そしてキルトや敷物や食器といったディテールまで描写されている家庭的なストーリーは、ドールズハウスの視点から見ても大変魅力的です。デアゴスティーニは今まで技術が必要とされ敷居の高かったドールズハウスを、初心者でも気軽に楽しめるスタイルに変え、誰もが一度は親しんだ名作『赤毛のアン』の世界の再現に成功しました。

ドールズハウスの設計と監修は、ドールズハウスの第一人者である村上一昭に依頼。19世紀後半のカナダの家と暮らしを、原作と当時の資料にもとづき正確に再現するため、いっさいの妥協はしなかったといいます。ただ、ドールズハウスの魅力とアンの世界観の両方を最大限引き出すことを考えた結果、物語と一部変えた部分もありますが、そうした部分こそまさにドールズハウスならではの特徴として楽しむことができるのです。

アンの世界を、つくるだけでなく読んでも楽しめるよう、マガジンとドールズハウス（組み立てパーツ）がセットになっている。スケールは24分の1。簡単な作業でつくることができる工夫がなされ、ほとんどの家具や小物は完成品の状態でついてくる。赤毛のアン・ライセンス局公認商品。（デアゴスティーニ提供）

COLUMN 19

狐ビジネスとスカンク

1913〜1925年には、狐マネーで多くの豪邸が建てられた。当時の狐飼育の繁栄ぶりは、サマーサイドにあるこのフォックス・ミュージアム（写真は移転前）で知ることができる。

1919年に制作された無声映画「赤毛のアン」に、島に当時いなかったスカンクが出てきてモードは幻滅します。モードが小さい頃は島にいなかったスカンク、現在は島中にはびこっています。

これは、第2章で述べた帆船の黄金時代が去ったあとを埋めるようにして繁栄した狐飼育ブームが関係しています。ファッション業界では、珍しい黒狐の毛皮がもてはやされており、そこに目をつけた人々が黒狐飼育に乗り出したのでした。先駆けて黒狐や銀狐を飼育しはじめた2人の男性が成功をみるのは1896年。独占事業にしていたものの、繁殖技術が漏れて、1900年代には島に約300の狐飼育場ができていました。

こうして狐飼育で大金を手にする人々が増えました。第一次世界大戦後を描いた『アンの想い出の日々（下）』には、養狐業で成功した男性が登場しますし、養狐業の男性がトロントで開催される全国見本市にシルバー・フォックスを出品するという場面も出てきます。狐ビジネスは1940年代までは好調でしたが、ファッションの流行が変わり需要が減るとともに衰退していきました。狐の毛皮が儲かったので次はスカンクもと飼いはじめた人々は失敗し、野に放たれたスカンクは島にはびこり、島の人々の悩みの種となってしまいました。

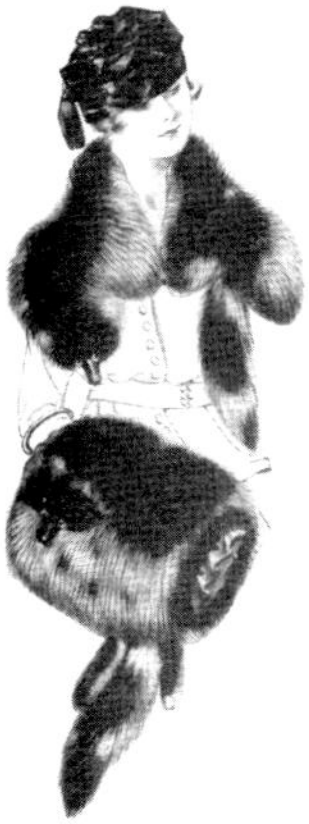

得意そうに狐を持つ養狐業者。（Public Archives and Records Office of Prince Edward Island）

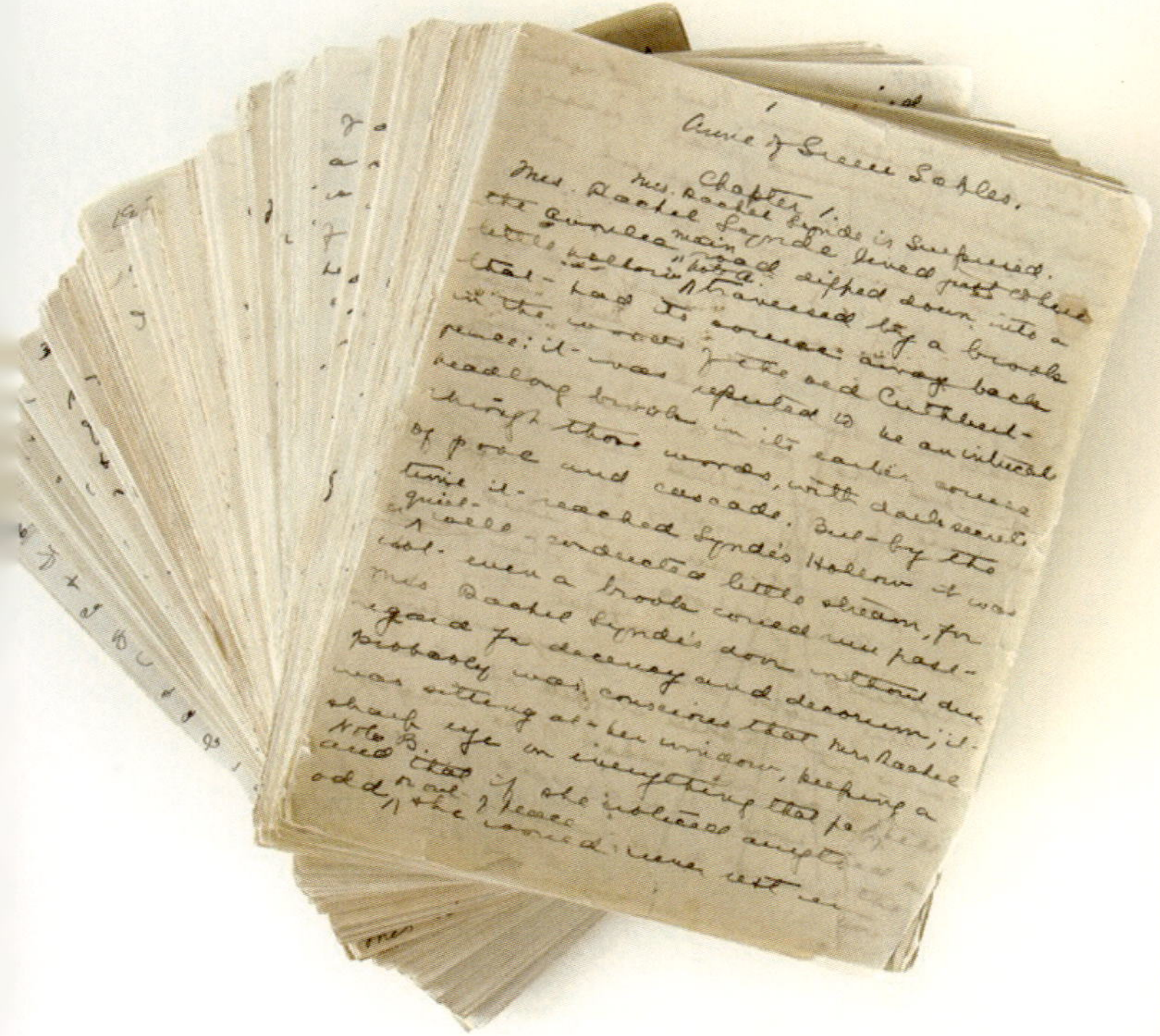

コンフェデレーション・センター・アート・ギャラリーが収蔵する『赤毛のアン』の直筆原稿
(L.M. Montgomery, Anne of Green Gables Manuscript, 1905 (published 1908), ink on paper. Collection of Confederation Centre Art Gallery, purchased 1967, CM 67.5.1)

CHAPTER 7

増補

アンの世界
その後の広がり

第6章以降もアンの人気は衰えず、新たな視点での展開が試みられています。

❖『赤毛のアン』カナダの世界記憶遺産に

二〇二四年は作者L・M・モンゴメリの生誕一五〇周年という記念の年で『赤毛のアン』の原稿が国連のカナダ世《せ》界《かい》記《き》憶《おく》遺《い》産《さん》(Canada Memory of the World Register)に登録されました。登録されたのは、モードの手書き原稿四七五頁と、文章に加筆や挿入を記録した九六頁のメモ。

世界記憶遺産とはユネスコ（国際連合教育科学文化機関）が主催する三大遺産事業（世界遺産、世界無形文化遺産、世界記憶遺産）の一つ。ユネスコの世界の重要な記録遺産の保護と振興を目的に、一九九二年に開始。登録された資料については、誰もが容易に参照できるようデジタル化し、インターネット上で公開することや書籍やDVDなどで出版・頒布《はんぷ》することが推奨《すいしょう》されています。

『赤毛のアン』はすでに二〇二三年、二か国語によるオンライン展示が開始され、完全にデジタル化されていて誰もがアクセスできるようになっています。

日本人にも知られている世界記憶遺産の有名なものには、フランス人権宣言、アンネの日記、マグナカルタ（大憲章）、ベートーベン直筆の交響曲第九番楽譜、ヒッタイトのくさび形文字を記した粘土板などがあります。

カナダの世界記憶遺産として登録されているものは現在三三あり、プリンス・エドワード島を含む大西洋沿岸三州《マリタイム》で見ると、モードの原稿が二番目の登録となります。最初の登録は、一九四六年に映画館の「白人専用」席に座ったことで逮捕された、実業家で公民権擁護者でもあったヴィオラ・デズモンドのノヴァ・スコシア州での裁判文書でした。

二〇二五年にはカナダのストーリー・ガール・プロダクションズが、評伝『ギフト・オブ・ウイングス』（メアリー・ルビオ著）を原作にモードの人生をドラマ化した「ルーシー・モード」を発表。一二九頁の映画でアンを演じたミーガン・フォローズがモードの四〇代以降を務めたことで大きな話題となりました。

2024年にカナダで発行された生誕記念1ドル流通硬貨。ブレンダ・ジョーンズがデザイン。裏面にはアンだけでなく『赤毛のアン』を執筆した頃のモードの横顔とサインが描かれている。

キャヴェンディッシュのモンゴメリ・パークに2024年に造られたブロンズ像。タイトルは「A Glimpse of Beauty（美を垣間見る）」。コンセプト・デザインはグレース・カーティス、彫刻と鋳造はネイサン・スコット。

奥田実紀が製作販売した「生誕150周年記念赤毛のアン・ティー」。イラストはちばかおり氏。

❖映画「赤毛のアン」三部作

ミーガン・フォローズ主演の映画が公開されてから三〇年あまり。『赤毛のアン』が出版されて一一〇周年を記念し、新しい映画製作プロジェクトがゼロからスタート。モードの孫にあたるケイト・マクドナルド・バトラー氏が製作総指揮にあたり、二〇一五〜二〇一七年にかけて三部作として上映されました。

一部「赤毛のアン」は孤児院からアンがやってきてからの一年間を、二部「赤毛のアン 初恋」では新しくステイシー先生がやってきて希望あふれる学校生活を送る一年間が描かれます。三部「赤毛のアン 卒業」はクイーン学院進学を決め、合格後、勉学に励みエイヴリー奨学金を獲得するクイーン学院での一年です。

原作『赤毛のアン』を三部作に分けることで、一つ一つの出来事や登場人物の心の動きを丁寧に、かつテンポよく描き出しています。

マシュー役はマーティン・シーン。マリラ役はカナダ出身のサラ・ボッツフォード。アン役にはオーディションによって選ばれ

たカナダ・トロント出身のエラ・バレンタイン。ミュージカル「レ・ミゼラブル」の二〇一三年トロント公演でコゼットなど二役を演じたほか、ヤング・アーティスト賞に三度ノミネートされた実力派。

原作が大好きなエラ、『赤毛のアン』をシェイクスピアになぞらえています。シェイクスピアの作品のように『赤毛のアン』も現代まで数えきれないほど上演されている素晴らしい物語だと。演じるにあたっては一九世紀後半という古き良き時代背景を忘れないことを心がけたそうです。容姿や、おしゃべりで頑固なところなど、アンと自分は似ているけれど、生きている時代が違うので、当時の話し方や所作にも気を遣ったといいます。

「赤毛のアン」「赤毛のアン 初恋」「赤毛のアン 卒業」
Blu-ray＆DVD発売中　発売元：株式会社ハピネットファントム・スタジオ　販売元：株式会社ハピネット・メディアマーケティング　Blu-ray：4800円（税抜）
DVD：3900円（税抜）

第三部「卒業」は2018年カナダ・アカデミー賞（カナダ・スクリーン賞）の青少年向け作品部門で演技賞を受賞。三部作すべてを監督したジョン・ケイト・ハリソンも同じ「卒業」で監督賞を受賞した。

❖ドラマ「アンという名の少女」

カナダCBCとNetflixが共同制作、二〇一七年から配信されたドラマ「Anne with an E」。二〇一八年にはシーズン2が、二〇一九年にはシーズン3が配信され、シーズン3で終了しました。日本では二〇二〇〜二〇二二年までNHKで放映。原作の登場人物のイメージを裏切らないキャスティングや、時代背景を踏まえたドキュメンタリーレベルのリアリズムを追求したセットや映像への評価が高かったものの、シーズンが進むにつれ、偏見やいじめ、人種差別、同性愛といった原作にはないテーマが盛り込まれ、支持派、不支持派、さまざまな意見が飛び交いました。

脚本のモイラ・ウォリー＝ベケット氏も『赤毛のアン』の世界観とのずれが大きくなっていたことは自覚していたようで、シーズン3が納得のいく終わり方になっていなかったものの、ギリギリまで挑戦した意義はあったと語っています。

一九世紀末のカナダの社会的暗部にまで切り込めたのはこのドラマの脚本・撮影・編集といったスタッフのほとんどがモイラ

氏はじめ女性であったことも大きいでしょう。シリアスな内容とはいえ、アンをはじめとする女性たちそれぞれの立場、生き方から学ぶ点も多く、異色の作品となったことは間違いありません。

アン役のエイミーベス・マクナルティは、一八〇〇人以上の中から選ばれたアイルランド系カナダ人。外見だけでなく、想像力旺盛で、ちょっと意地っ張りで無鉄砲なところなど、アンに似ている部分が本人にもあるとのこと。二〇一九年「カナディアン・スクリーン・アワードテレビ部門」で、作品が最優秀ドラマシリーズ賞を受賞。

Marvin Moore ©2017 Northwood Anne Inc.

©2019 Northwood Anne Trois Inc.

©2018 Northwood Anne Duo Inc.

©2017 Northwood Anne Inc.

「アンという名の少女」シーズン1〜3（新価格版）DVD-BOX各5,000円（税抜）発売中／発行・販売元：NHKエンタープライズ

❖ミュージカル「アンとギルバート」

二〇〇五年に初めて上映され、予想以上の好評を博し、今日まで上映が続いている「アンとギルバート」。小学校の先生となったアンがその後大学へ進学し、青春を謳歌《おうか》する中でギルバートへの本当の愛に気づき結ばれるまでを描いたミュージカル。内容的には『赤毛のアン』の続編にあたりますが、コンフェデレーション・センターで上演されているミュージカル「赤毛のアン」（一三〇頁参照）とはまったく別の企画制作で始まりました。

すでに「赤毛のアン」に親しんでいる島の人々を前にした初公演は不安だったそうですが、観客の反応を見て、成功を確信したといいます。小さな劇場で客席との距離が近いこと（プロデューサーのキャンベル・ウェブスター氏はあえて小さな会場を選んだわけではないが小さなスペースで大きなショーが実現したことは素晴らしいことで奇跡ともいえる、と述べています）、脚本も音楽も一流のチームが手がけた証《あかし》として、二〇〇七年にカナダの音楽業界トップクラスの「イーストコースト・ミュージック・アワード」でレコード業界最優秀アルバム賞を受賞しています。それまでカナダのミュージカルでこれを達成した

カナダ、アメリカの大都市をはじめとする北米30以上の舞台で上演され、チケット完売が相次いだ。アンとギルバートは"カナダで最も有名なロマンチック・カップル"と称されている。（Courtesy of AnneAndGilbert.com）

作品はありませんでした。

また、ウェブスター氏はスタッフのほとんどが島民で構成されていることも大きいと話します。「あなたは生粋《きっすい》の島の人(You're Island Through and Through)」という劇中歌があるように、このミュージカルを作り上げた才能あふれる島民そのものが輝く魅力となっています。

❖ アニメ「アン・シャーリー」

〈〝想像すること、とめられない。〟「赤毛のアン」を知る人も、知らない人も、すべての人たちへ〉をキャッチフレーズに二〇二五年四月、アニメ「アン・シャーリー」の放送が開始されました。

原作は村岡花子訳の「赤毛のアン」シリーズ（新潮文庫刊）。アニメーション制作はアンサー・スタジオが担当。タイトルを「アン・シャーリー」とすることで一人の女性の人生を長く描きたいと考え、原作一〜三巻までをカバーしたアンの成長物語となっています。

新しい家族の形やアンが想像力で辛いことを乗り越え、周囲の人々の心をも変え、温かい関係を築いていく姿は、現代にこそ必要なメッセージでありこの先もずっと語り継がれる物語であると製作サイドは考えているそうです。主要スタッフはプリンス・エドワード島を実際にロケーションハンティングに訪れており、背景の美しい自然にもため息がもれます。

監督の川又浩氏、アンの声優を務める井上ほの花氏とも、アンの物語が大好きだったといいます。川又氏は「過去にアニメや実写、舞台など多くの作品があり、人それ

©アン・シャーリー製作委員会
公式サイト：https://anime-ann-e.jp/

「Anne's Cradle : The Life and works of Hanako Muraoka, Japanese Translator of Anne of Green Gables」(Nimbus Publishing, 2021)
英語圏の人々に日本の歴史や文化を伝えるためには補足や訳注も必要で、平野氏は一つ一つの言葉を専門家の協力を得、恵理氏の思いも確認しながら丁寧に訳した。お二人はコロナ禍を乗り越え出版に至ったことは、戦時下を乗り越えた花子から力をもらったおかげと話す。

ぞれのアン・シャーリー像がある。今回はそのイメージにとらわれずもう一度原作と向き合い、自分なりの解釈でアンを表現してみた」と語り、井上氏は「〝これから発見することがたくさんあるって素敵じゃない〟というアンの言葉が演じる上で支えになっている」、と語っています。このアニメが原作にまだ出会っていない若い世代に新鮮な風を吹かせてくれるでしょう。

❖村岡花子評伝『アンのゆりかご』英訳出版

日本で初めて『赤毛のアン』を翻訳した村岡花子の評伝『アンのゆりかご 村岡花子の生涯』(新潮文庫)が北米で英訳出版されました。花子の孫・村岡恵理氏が著したこの本を翻訳したのは国際的ベストセラーの英訳を手がけた平野キャシー氏。

『アンのゆりかご』は花子が運命の本「アン・オブ・グリン・ゲイブルス」と出会い『赤毛のアン』として刊行するまでの話を軸としていますが、花子という一人の評伝にとどまらず、明治後期から大正・昭和にかけての近代日本の社会史や風俗史、女性史、教育史をたどる内容にもなっています。

翻訳家・花子の土壌は、東洋英和《とうようえいわ》女学校というカナダ人宣教師《せんきょうし》によって創立された女子のためのミッション・スクールで学んだ一〇年間にありました。

日本で女子教育や出版事業に献身的《けんしんてき》に尽くしたカナダの婦人宣教師《せんきょうし》たちの存在を英語圏の人に知ってもらう機会にもなったわけですが、カナダ政府の先住民族への同化政策とキリスト教強要による聖職者たちの差別的な行為や虐待《ぎゃくたい》が、過去の大きな過ちとしてふり返られているなか、この本に登場する宣教師たちのすぐれた人格や日本における数々の功績はカナダの読者に新鮮な驚きと安堵《あんど》をもたらしました。花子と宣教師たちとの人間味あふれる交流と友情は、心温まる史実として伝わりました。

❖学院資料・村岡花子文庫展示コーナー

二〇一五年、東洋英和女学院の本部・大学院棟にあった学院史料展示コーナーが改装され「学院資料・村岡花子文庫展示コーナー」となりました。花子が住んでいた大

東洋英和女学院 学院資料・村岡花子文庫展示コーナー。東洋英和は花子の娘・みどり、孫の恵理氏、ひ孫の奏氏も卒業し、四代にわたって深いつながりがある母校。花子は自身が訳した新潮文庫の『丘の家のジェーン』(モードの著書)ほか3冊の著作権を同学院に寄付した。(写真提供/東洋英和女学院)

花子が友人のミス・ショーから託された「アン・オブ・グリン・ゲイブルス」は1908年の7刷だった。L.L.Shawのサインが見て取れる。何度も読み返したことがわかるまさに愛読書を花子に託したショーはカナダに帰国後、1940年に他界した。(写真提供/東洋英和女学院)

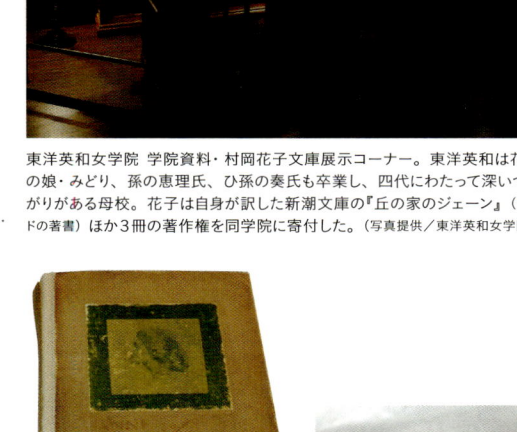

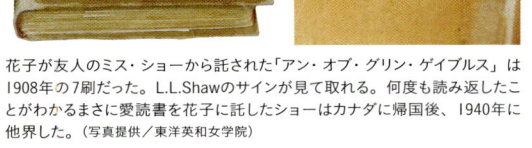

田区大森《おおもり》で、花子の孫・村岡美枝氏と恵理氏が「赤毛のアン記念館・村岡花子文庫」を運営していましたが、貴重な資料をしかるべき場所で保存し多くの方に見ていただきたいと、東洋英和へ寄贈。

花子の著作をはじめ、書簡類、原稿、書斎の家具、身のまわりの品々、翻訳のときに使用したであろう英語の辞書、常に座右《ざゆう》にあった聖書まで多岐にわたります。和書の蔵書だけでも約一二〇〇点、洋書は約八〇〇点もあります。花子用の書き物机と書棚とともに、書斎の様子が再現されており、『赤毛のアン』の翻訳原稿もじかに見ることができます。

❖連続テレビ小説「花子とアン」

村岡花子の半生をモデルに、二〇一四年に放送されたNHK連続テレビ小説で、花子役は吉高由里子《よしたかゆりこ》氏。脚本は中園《なかぞの》ミホ氏。チーフプロデューサー・加賀田透氏は二〇一五年の「エランドール賞」でテレビ部門のプロデューサー賞を、花子の夫役の鈴木亮平氏と妹役の黒木華氏は新人賞を受賞しました。

ドラマの原案は『アンのゆりかご』。著者・村岡恵理氏は短歌の佐佐木信綱《ささきのぶつな》、実業家の広岡浅子《ひろおかあさこ》、翻訳家の片山廣子《かたやまひろこ》、作家の林芙美子《はやしふみこ》といった、花子だけにとどまらず社会的にも影響を与えた人々の存在、その生き方をも伝えていますが、ドラマでも明治から昭和という激動の時代をたくましく生き抜いた女性をドラマチックに描き、視聴者に感動を与えました。なかでも大きな話題になったのが仲間由紀恵氏演じる歌人・柳原白蓮《やなぎわらびゃくれん》。

毎回、ドラマの最後はナレーションを担当した美輪明宏《みわあきひろ》氏の「ごきげんよう、さようなら」というセリフで締めくくられています。これは花子が一九三二年から担当した「子供の新聞」というラジオ番組の終わりの挨拶だったといいます。その独特の口調をまねるのが流行、子どもだけでなく演芸番組でも物まねされたそうです。

❖「エミリー」シリーズ

長編小説としては処女作だった『赤毛のアン』がベストセラーになり、一躍有名作家となったモード。その後、「エミリー」シリーズ、「パット」シリーズのほか『ストーリー・ガール』や『丘の家のジェーン』など少女を主人公にした長編小説を次々と発表しました。

「エミリー」シリーズは結婚後、オンタリオ州で書かれ一九二三年に出版されました。その三年ほど前にこの新しいヒロイン――黒い髪、紫がかった灰色の瞳で名前も〝エミリー〟――はもう生まれていたといいます。『虹の谷のアン』『アンの娘リラ』まで出版していたモードの中でアン・シリーズには区切りがついていました。

アンよりエミリーのほうが自伝的要素が

ストーリーは三部作をもとにした翻案。プリンス・エドワード島の人々は島でのロケが少ないこれまでのモード作品の映像化を残念がっていたが、エミリー役のマーサ・マクアイザックはオーディションで選ばれた島の子、ロケも島で長期間にわたって行われたこともあって好意的に受け取られた。

『Emily of New Moon』（1923）『Emily Climbs』（1925）『Emily's Quest』（1927）
すべてフレデリック・ストークス社。
日本語で三部作すべてを商業出版で読めるのは現在、村岡花子訳の新潮文庫のみ。

強いと自身でも記しているように、幼い頃から作家になると決め、夢に向かって、折れる心を何度も励まし血のにじむ努力を重ねていく姿はまさにモードそのもの。

両親を亡くしたエミリーが伯母の農場に引き取られ、厳しく躾《しつけ》けられる点や、自然を愛し想像力が豊かな点、書く才能に恵まれている点もアンと共通点がありますが、エミリーは島の名家の血筋で誇り高く、頑固で、不当な出来事に果敢《かかん》に立ち向かっていきます。時代背景としてはアンの時代（一九世紀後半）から一〇～二〇年ほどあと、故国イギリスではヴィクトリア女王が崩御《ほうぎょ》し、息子のエドワード七世の治世になっています。明るく社交的な性格は抑圧的だったそれまでの社会的雰囲気を変えたといわれています。エミリーの時代背景をエドワード朝にしたのは、新しい時代と自分の力で切り開いていくエミリーを重ね合わせたからかもしれません。

カナダではテレビシリーズとして「エミリー・オブ・ニュームーン」（ソルター・ストリート・フィルムス）が一九九八～二〇〇〇年まで放映されましたが、残念ながら日本では放送されませんでした。

日本ではアニメ「風の少女エミリー」（トムス・エンタテインメント）が二〇〇七年にNHKで放送。島でのロケハンをし、時代考証を赤松佳子氏（後に研究書『赤毛のアンから黒髪のエミリーへ』〔御茶の水書房〕を出版）が務めるなど、制作チームの熱意が反映された秀作です。

		12月　プリングルの航海日誌を発見する。
	23歳	2月　エズメとレノックス博士を結びつける。
		6月　ポーリーンのためにギブソン夫人の面倒をみる。 サリー・ネルソンの結婚式に参列し、 ノラとジムの仲をとりもつ。
		9月　寄付をつのりにドーリッシュ街道を訪ねる。
		12月　キャサリン・ブルックをクリスマスに グリーン・ゲイブルズに招待する。 ダイアナ、第二子を出産。
	24歳	5月　ヘイゼル・マーの相談にのる。
		6月　小さなエリザベスがグリーン・ゲイブルズを訪れる。
		9月　レイモンド夫人の双子の面倒をみる。
		11月　ドヴィーとジャーヴィスの結婚を後押しする。
	25歳	3月　ミネルヴァ・トムギャロン邸に招かれる。
		6月　小さなエリザベスが父親と会う。 柳風荘をあとにし、グリーン・ゲイブルズへ。
アンの夢の家		9月　ギルバートとグリーン・ゲイブルズで結婚式を挙げる。 その後グレン・セント・メアリーの新居へ。
		10月　レスリー・ムーアと知り合う。
		12月　夢の家でクリスマスを送る。
	26歳	6月　長女ジョイスを出産するが、すぐに亡くなってしまう。
		7月　オーエン・フォードやってくる。
	27歳	5月　レスリーはディックの治療のためモントリオールへ。
		6月頃　アン、長男ジェームズを出産。
		8月　オーエン再来。レスリーに求婚する。 ミス・コーネリア、結婚する。
		9月　オーエンの本が出版。ジム船長、他界。
		10月　夢の家を離れ、炉辺荘へ引越す。
炉辺荘のアン	34歳	春　グリーン・ゲイブルズに戻り、ダイアナと 楽しい一日を過ごす。
		6月　ジェム、行方不明になる。
		7月　リラを出産。
		9月　ダイアナが炉辺荘にくる。
		秋　レベッカ・デューが炉辺荘を訪れる。
		12月　クリスマスを楽しく迎える。
	35歳	5月頃　メアリー・マリアおばさんの誕生会を計画。
		夏　ジェンが炉辺荘を訪れ、パーティを行う。
		11月　犬のジップを飼うが、1月頃死んでしまう。
	36歳	3月　アンの誕生日にジェムが首飾りを贈る。
		4月　アンソニー・ミッチェルの追悼文を書く。
		6月　コック・ロビンを見つけて飼う。
		9月　ナンとダイ、小学校へ入る。
		9月頃　アン、病気になる。
	38歳	春　ダイ、ジェニー・ペニーにだまされる。
		夏　ナン、ドヴィー・ジョンソンにだまされる。
		10月　婦人会のキルトの集まりが炉辺荘で行われる。
	40歳	夏　リラ、ケーキを届けるおつかいを頼まれるが川に 捨ててしまう。 ナン、もの寂しい家を訪れる。 ダイ、デリラ・グリーンに裏切られる。
虹の谷のアン		9月　結婚15周年を迎える。
	41歳	5月　ギルバートとの第二の新婚旅行を終えて戻る。 新しい牧師メレディス一家がやってくる。
		6月頃　メアリー・ヴァンス、逃げてくる。 コーネリア夫妻に引き取られる。
	42歳	7月　カール、肺炎になる。
アンの娘リラ		9月　メレディス氏、ローズマリーと結婚。
	48歳	リラ、15歳。第一次世界大戦勃発。
		8月　ジェム、ジェリー、出征。リラ、戦争孤児を育てる。
	49歳	7月　ウォルター、ケネス出征。
		10月　カール、出征。
	50歳	9月　ウォルター、戦死。
	51歳	春　シャーリー、出征。
	52歳	10月　第一次世界大戦終結。
		12月　カール帰郷。
	53歳	1月　ジェリー帰郷。
		春　ジェム、ケネス帰郷。夏　シャーリー帰郷。

■アンの人生をたどる(19世紀後半〜20世紀前半)

シリーズタイトル	年齢		主な出来事
赤毛のアン	11歳	6月	孤児院からプリンス・エドワード島のマシューとマリラに引き取られる。
		9月	アヴォンリー小学校へ行く。石盤でギルバートをたたき、登校拒否を決める。
		10月	ダイアナをお茶会に招くが、酔っ払わせてしまう。
	12歳	1月	カナダ首相がプリンス・エドワード島を訪問。 大人が演説を聞きに出かけているとき、ミニー・メイがクループにかかり、アンが救う。
		2月	討論クラブのコンサートに行く。 ミス・ジョゼフィン・バリーのベッドに飛び乗ってしまう。
		6月	おばけの森で、行き過ぎた想像力をあらためる。 フィリップス先生学校を去る。 アラン牧師夫妻が新しく赴任してくる。
		7月	牧師夫妻をお茶に招いた際、痛み止め入りケーキをだしてしまう。
		8月	牧師館のお茶に招かれる。命令遊びで足をくじく。
		10月	足が治ってやっと学校へ。ミス・ステイシー先生を敬愛する。
		12月	学校のクリスマスコンサート。パフスリーブの服をプレゼントにもらう。
	13歳	3月	物語クラブを結成。
		4月	髪を緑色に染めてしまう。
		7月頃	エレーン姫を演じて溺れてしまう。
		9月	品評会へ行く。
		11月	クイーン学院の受験クラスが編成される。
	14歳		勉強を休んで、思い切り夏を楽しむ。
	15歳	7月	クイーン学院の入学試験。合格。
		7月頃	ホワイトサンズ・ホテルのコンサートに出席。
		9月	クイーン学院に入学。
	16歳	4月	ハリソン氏が引越してくる(『アンの青春』)。
		6月	クイーン学院卒業。エイヴリー奨学金を得る。 マシュー、他界。大学進学を断念。
アンの青春		8月	ハリソン氏の牛を間違って売ってしまう。 改善会が発足。
		9月	アヴォンリー小学校の先生となる。 公会堂のペンキ塗りの寄付を集める。
		10月頃	デイビー&ドーラ・キースの双子を引き取る。
		11月	公会堂のペンキが違う色に塗られてしまう。 ドーラ、行方不明になる。
		冬	生徒に体罰を与えてしまう。
	17歳	5月	ダイアナたちと森のピクニックへ行く。 ヘスター・グレイの庭を発見する。
		7月	モーガン夫人を招く準備をするが徒労に終わる。ミス・バリーから借りた皿を割ってしまう。
		8月頃	コップさんから同じ皿を売ってもらう。 モーガン夫人が突然訪れる。
		10月	山彦荘のミス・ラヴェンダーと知り合う。
	18歳	5月	エイヴおじさんの予言通り、嵐がくる。 ハリソン氏の奥さんが現れる。
		6月頃	リンド氏が亡くなり、リンド夫人がグリーン・ゲイブルズに住むことになる。 アンは大学行きを決める。
		8月	ミス・ラヴェンダーがアーヴィング氏と結婚。
アンの愛情		9月	レッドモンド大学へ入学。
	19歳	1月	ジェーンを通じてビリーに求婚される。
		4月	パティの家に住むことが決定。ソーバーン奨学金を得る。
		夏	「アビリルのあがない」書き上げる。(のちコンクールで採用) ルビー・ギリス、他界。
		9月	パティの家での共同生活が始まる。
		冬	ミス・バリーが亡くなり、アンにお金を遺す。
	20歳	4月	ギルバートの求婚をしりぞける。
		8月	山彦荘の人々がプリンス・エドワード島を訪れる。
		11月	ロイヤル・ガードナーと恋に落ちる。
	21歳	6月	ダイアナが結婚する。
		7月	バレー・ロードで代行教師をする。
	22歳	6月	レッドモンド大学を卒業。 ロイの求婚を断る。 ジェーン、結婚。ダイアナ、出産。
		7月	ギルバートの危篤を知り、自分の気持ちを悟る。
		9月	回復したギルバートからの求婚を受ける。
アンの幸福		9月	サマーサイド・ハイスクールの校長として赴任。
		11月	演劇部の劇を行う。

プリンス・エドワード島(PEI)の動き	カナダおよび世界の動き	日本の動き
フランス、イギリスからの入植始まる。	1763年　北アメリカ、フランスとの戦争に勝利したイギリス領となる。 1775～1783年　アメリカ、独立戦争後に独立。	1787～1793年　寛政の改革。
1864年　第一回カナダ連邦会議が開催。 1866年　初の自動車が走る。 1873年　PEI、カナダ連邦に加盟、7番目の州となる。 1875年　鉄道完成。 1878～1891年　ジョン・マクドナルドがカナダ首相。 1884年　シャーロットタウンで電話が開通。 1885年　初の電灯がともる。 1890年　品評会が州規模で開催、競馬も同時に行われるようになる。 1896年　1873年～1878年以来の、自由党の勝利。	1843年　ホースリー、初のクリスマスカードをロンドンで発売。 1851年　世界初の国際博覧会がロンドンで開催。 1867年　自治領カナダ（カナダ連邦）成立。 1868年　『若草物語』（オルコット）出版。 1869年　アメリカ大陸横断鉄道完成。 1876年　『トム・ソーヤーの冒険』（トウェイン）出版。 1877年　ベルがベル電話会社を設立。 1878年　スワン、白熱電球を発明。 1880年　『ベン・ハー』（ウォレス）出版。 1885年　ベンツ初の自動車“モルトヴァーゲン”をつくる。カナダ初の大陸横断鉄道完成。 1886年　『小公子』（バーネット）出版。 1893年　ディーゼルがディーゼルエンジンの特許を取得。 1898年　キュリー夫妻ラジウム発見。	1853年　ペリー来航。 1867年　大政奉還（江戸時代が終わり明治時代へ）。 1871年　廃藩置県。 1885年　内閣制度（伊藤博文）。 1889年　大日本帝国憲法発布。 1894年　日清戦争。
1906年　全島で禁酒法を実施。（～1948年まで） 1908年　自動車の使用が法律で禁止される。 1910年代～　各家庭へ郵便が配達されるようになる。 1922年　21歳以上の女性に選挙権与えられる。 1934年　舗装道路がはじめてできる。 1936年　キャヴェンディッシュが国立公園となる。	1900年　『オズの魔法使い』（ボウム）出版。 1900年　ツェッペリン、硬式飛行船をつくる。 1902年　『ピーターラビット』（ポター）出版。 1903年　ラングレーが飛行機を発明。ライト兄弟飛行機を飛ばす。 1904年　『ピーター・パン』初演。 1905年　アインシュタイン「特殊相対性理論」発表。 1908年　『たのしい川べ』（グレアム）出版。 1909年　『青い鳥』（メーテルリンク）出版。 1911年　『秘密の花園』（バーネット）出版。 1912年　タイタニック号沈没。 1914～1918年　第一次世界大戦。 1918年　カナダで夏時間が採用される。 1919年　『月と6ペンス』（モーム）出版。 1920年　アメリカでラジオ放送開始。 1926年　ファーンズワース、世界初の完全電子テレビ方式を開発。 1927年　リンドバーグ、大西洋横断飛行に成功。 1928年　アメリカでトーキー映画が実用化。 1929年　世界恐慌 1931年　カナダ、独立国となる。 1932年　『大きな森の小さな家』（ワイルダー）出版。 1935年　マニス、ゴドフスキーがカラーフィルムを発明。 1939～1945年　第二次世界大戦。	1904年　日露戦争。 1908年　『あめりか物語』（永井荷風）出版。 1912年　明治から大正へ。 1914年　『こゝろ』（夏目漱石）出版。 1915年　『羅生門』（芥川龍之介）発表。 1919年　『友情』（武者小路実篤）発表。 1921年　『赤い蝋燭と人魚』（小川未明）発表。 1926年　大正から昭和へ。 1931年　満州事変。 1932年　『ごんぎつね』（新美南吉）発表。5・15事件。 1934年　『銀河鉄道の夜』（宮澤賢治）出版。 1936年　2・26事件。 1937年　日中戦争。 1941年　太平洋戦争。 *1952年　村岡花子訳『赤毛のアン』出版。

■アンの時代背景

	アン	L.M.モンゴメリ
1770年代		L.M.モンゴメリの曾曾祖父母にあたる先祖が スコットランド、イングランドから島にやってくる。
1800年代	アン、PEIへ引き取られる。 カナダ首相がPEIを訪問。 品評会に行き競馬を見る。シャーロットタウンに 電灯が灯っていることが描写されている。 クイーン学院に入学。 アヴォンリー小学校の先生になる。 レッドモンド大学へ入学。 サマーサイド・ハイスクール校長として赴任。 アヴォンリーに電話がひかれる。(『アンの夢の家』)	1874年11月30日　L.M.モンゴメリ誕生。 1876年　母が亡くなる。 1881年　キャヴェンディッシュ小学校へ入学。 1887年　父が再婚。 1890年　父と暮らすためカナダ西部へ。 1891年9月　島に戻る。 1893年　プリンス・オブ・ウェールズ・カレッジに入学。 1年の教員養成課程をとる。 1894年　ビディファド村の小学校教諭となる。 1895年　ノヴァ・スコシア州ハリファックスの ダルハウジー大学の聴講生となる。 1896年　ベルモント村の小学校で教える。 1897年　ロウアー・ベデック村の小学校で教える。 1898年　祖父が亡くなり、祖母の面倒をみるためキャヴェンディッシュに戻る。 家事を手伝いながら執筆をする。
1900年代	長女を出産するが、亡くなる。(『アンの夢の家』) 自由党が保守党をやぶり、勝利。(『アンの夢の家』) 第一次世界大戦勃発。(『アンの娘リラ』) 飛行機の描写。(『アンの娘リラ』) ギルバート、自動車を買う。(『アンの娘リラ』)	1900年　父が亡くなる。 1901年　ハリファックスの新聞社で8か月働く。 1904年　『赤毛のアン』を書きはじめる。 1906年　ユーアン・マクドナルドと婚約。 1908年　『赤毛のアン』出版。 1909年　『アンの青春』出版。 1910年　『果樹園のセレナーデ』出版。 1911年　祖母が亡くなる。 『ストーリー・ガール』出版。 ユーアンと結婚式を挙げ、オンタリオ州リースクデールへ。 1912年　『アンの友だち』出版。 長男チェスター出産。 1913年　『黄金の道』出版。 1914年　次男ヒューが出産後すぐに亡くなる。 1915年　『アンの愛情』出版。 三男スチュアートを出産。 1916年　詩集『夜警』出版。 1917年　『アンの夢の家』出版。 自伝『険しい道』出版。 1919年　『虹の谷のアン』出版。 1921年　『アンの娘リラ』出版。 1923年　『可愛いエミリー』出版。 1925年　『エミリーはのぼる』出版。 1926年　ノーヴァルへ引っ越す。 『青い城』出版。 1927年　『エミリーの求めるもの』出版。 1929年　『マリゴールドの魔法』出版。 1931年　『もつれた蜘蛛の巣』出版。 1933年　『銀の森のパット』出版。 1935年　トロントの一軒家を購入し引っ越す。 『パットお嬢さん』出版。 1936年　『アンの幸福』出版。 1937年　『丘の家のジェーン』出版。 1939年　『炉辺荘のアン』出版。 1942年4月24日　他界。

"Imagining Anne" Elizabeth Rollins Epperly, Penguin Canada, 2008
"Lucy Maud Montgomery" Mary Henley Rubio, Doubleday Canada, 2008
"The Canadian housewife" Rosemary Neering, Whitecap Books Ltd., 2005
"L.M.Montgomery and Canadian Culture" Edited and with an introduction by Irene Gammel and Elizabeth Epperly, University of Toronto Press, 1999
"The Lucy Maud Montgomery Album," Compiled by Kevin McCabe, Edited by Alexandra Heilbron, Fitzhenry and Whiteside Limited, 1999
"Favourite Recipes of old Prince Edward Island" Julie Watson, Nimbus Publishing Limited, 1996
"Wildflowers of Prince Edward Island" Katherine Clough, Ragweed Press, 1992
"The Anne of Green Gables Treasury", Carolyn Strom Collins and Christina Wyss Eriksson, Viking, 1991
"The Selected Journals of L.M.Montgomery volume V" Edited by Mary Henley Rubio and Elizabeth Waterston, Oxford University Press Canada,2004
"The Selected Journals of L.M.Montgomery volume IV" Edited by Mary Henley Rubio and Elizabeth Waterston, Oxford University Press Canada,1999
"The Selected Journals of L.M.Montgomery volume III" Edited by Mary Henley Rubio and Elizabeth Waterston, Oxford University Press Canada, 1993
"The Selected Journals of L.M.Montgomery volume II" Edited by Mary Henley Rubio and Elizabeth Waterston, Oxford University Press Canada,1988
"The Selected Journals of L.M.Montgomery volume I" Edited by Mary Henley Rubio and Elizabeth Waterston, Oxford University Press Canada, 1986
"God Bless our Home" Una Abrahamson, Burns & MacEachern Limited, 1966

インターネット

"a Living Archives" http://www.livingarchives.ca/
"Experience Summerside" http://culturesummerside.com/
"L.M.Montgomery Institute" http://www.lmmontgomery.ca/
"L.M.Montgomery in Norval" http://www.lmmontgomerynorval.com/
"L.M.Montgomery Research Centre" http://www.lmmrc.ca/
"Lucy Maud Montgomery Society of Ontario" http://lucymaudmontgomery.ca/
"Picturing a Canadian Life" http://lmm.confederationcentre.com/

あとがき

私の赤毛のアン関係の書籍としては、七冊目にあたる縁起のよい本書が刊行の運びとなりました。これまでカルチャーセンターなどで、物語の背景をより深く味わえるよう、カナダの歴史や当時の暮らしを知るための、アンの講座を担当させていただきました。本書はそれを多くの図版と共にまとめた集大成です。

刊行にあたり、友人でアメリカ在住の映子・リンバーカーさん、山下千幸さん、翻訳者の津森優子さん、日本プリンスエドワード島協会ほか、多くの方にご協力をいただきました。お名前をすべて挙げられず失礼いたしますが、心よりの感謝を申し上げます。編集者の村松恭子さんには適切なアドバイスと編集作業をしていただきました。ありがとうございました。

本書を何度でも手に取り、眺めて、アンの世界に浸っていただけたら……。長い年月が流れても色あせず、読むたびに新しい感動があるアン・シリーズの魅力を再発見していただけたらと願ってやみません。

二〇一三年一月　奥田実紀

■ 参考文献

L.M.モンゴメリ著／アン・シリーズ

『赤毛のアン』新装版／村岡花子訳／新潮文庫／2008年
『アンの青春』新装版／村岡花子訳／新潮文庫／2008年
『アンの愛情』新装版／村岡花子訳／新潮文庫／2008年
『アンの幸福』新装版／村岡花子訳／新潮文庫／2008年
『アンの夢の家』新装版／村岡花子訳／新潮文庫／2008年
『炉辺荘のアン』新装版／村岡花子訳／新潮文庫／2008年
『虹の谷のアン』新装版／村岡花子訳／新潮文庫／2008年
『アンの娘リラ』新装版／村岡花子訳／新潮文庫／2008年
『アンの想い出の日々』上・下／村岡美枝訳／新潮文庫／2012年
『赤毛のアン』／松本侑子訳／集英社文庫／2000年
『アンの青春』／松本侑子訳／集英社文庫／2005年
『アンの愛情』／松本侑子訳／集英社文庫／2008年
『赤毛のアン』／掛川恭子訳／講談社文庫／2005年
『アンの青春』／掛川恭子訳／講談社文庫／2005年
『アンの愛情』／掛川恭子訳／講談社文庫／2005年
『アンの幸福』／掛川恭子訳／講談社文庫／2005年
『アンの夢の家』／掛川恭子訳／講談社文庫／2005年
『アンの愛の家庭』／掛川恭子訳／講談社文庫／2005年
『虹の谷のアン』／掛川恭子訳／講談社文庫／2005年
『アンの娘リラ』／掛川恭子訳／講談社文庫／2005年
『完全版「赤毛のアン」』／L.M.モンゴメリ著、W.E.バリー・M.A.ドゥーディ・M.E.D.ジョーンズ編、山本史郎訳／原書房／1999年
“Anne of Green Gables” L.M.Montgomery, Edited by Mary Henley Rubio and Elizabeth Waterston, A Norton Critical Editon,2007
“The Annotated Anne of Green Gables” L.M.Montgomery, Edited by Wendy E.Barry, Margaret Anne Doody, Mary E.Doody Jones, Oxford University Press,1997

その他

『図説　英国レディの世界』／岩田託子・川端有子著／河出書房新社／2011年
『永遠の「赤毛のアン」ブック』／奥田実紀著／集英社／2008年
『アンのゆりかご』村岡恵理著／新潮文庫／2011年
『図説　イギリス手づくりの生活誌』／ジョン・セイモア著、小泉和子監訳、生活史研究所翻訳／東洋書林／2002年
『赤毛のアン　レシピ・ノート』／イレーン&ケリー・クロフォード編著、奥田実紀訳／東洋書林／2000年
『誰も知らない「赤毛のアン」』／松本侑子訳／集英社／2000年
『赤毛のアンA to Z』／奥田実紀著／東洋書林／2001年
『「赤毛のアン」の生活事典』／テリー神川著／講談社／1997年
『「赤毛のアン」の島』／ダグラス・ボールドウィン著、木村和男訳／河出書房新社／1995年
『紀行「赤毛のアン」』／奥田実紀著／晶文社／1996年
『Anne's World』テキスト1～12／ワールドファミリー株式会社／1995年
『「赤毛のアン」の挑戦』／横川寿美子著／宝島社／1994年
『モンゴメリ書簡集Ⅰ～G.B.マクミランへの手紙～』ボルジャー、エパリー編／宮武潤三・順子訳／篠崎書林／1981年
『険しい道　モンゴメリ自叙伝』L.M.モンゴメリ著／山口昌子訳／篠崎書林／1979年
『人類の歴史を変えた発明1001』ジャック・チャロナー編集、小巻靖子・松浦弘・安藤貴子・ブレシ南日子訳／ゆまに書房／2011年
『1000の発明・発見図鑑』ロジャー・ブリッジマン著、小口高・鈴木良次監訳／丸善／2003年
“Green Gables” Deirdre Kessler, Formac Publishing Company Limited, 2010
“Quilts of Prince Edward Island~The Fablic of Rural Life~” Sherrie Daidson, Nimbus Publishing Limited, 2010
“Charlottetown: A History” Peter E.Rider, Prince Edward Island Museum and Heritage Foundation and Canadian Museum of Civilization Corporation, 2009

◉著者略歴

奥田実紀（おくだ・みき）
一九六六年、宮城県仙台市生まれ。コピーライター、編集者を経てフリーライターに。一九九二〜九三年プリンス・エドワード島で暮らす。
『赤毛のアン A to Z』（東洋書林）、『「赤毛のアン」の島で』（文溪堂）、『永遠の「赤毛のアン」ブック』（集英社）、『赤毛のアン レシピ・ノート』（東洋書林）などの著書、翻訳書がある。カルチャーセンター等での講演会も行う。現在、静岡県浜松市在住。
公式ブログ https://mikiokuda.blogspot.com/

ふくろうの本

増補版
図説 赤毛のアン

二〇一三年 三 月三〇日初版発行
二〇二五年 四 月二〇日増補版初版印刷
二〇二五年 四 月三〇日増補版初版発行

著者…………奥田実紀
装幀・デザイン…………高木善彦
発行者…………小野寺優
発行…………株式会社河出書房新社
〒一六二-八五四四
東京都新宿区東五軒町二-一三
電話 〇三-三四〇四-一二〇一（営業）
〇三-三四〇四-八六一一（編集）
https://www.kawade.co.jp/
印刷…………大日本印刷株式会社
製本…………加藤製本株式会社

Printed in Japan
ISBN978-4-309-76339-2
落丁本・乱丁本はお取り替えいたします。